Eurípides

MEDEIA

Edição bilíngue
Tradução, posfácio e notas de Trajano Vieira
Comentário de Otto Maria Carpeaux

editora■34

EDITORA 34

Editora 34 Ltda.
Rua Hungria, 592 Jardim Europa CEP 01455-000
São Paulo - SP Brasil Tel/Fax (11) 3811-6777 www.editora34.com.br

Copyright © Editora 34 Ltda., 2010
Tradução, posfácio e notas © Trajano Vieira, 2010

A FOTOCÓPIA DE QUALQUER FOLHA DESTE LIVRO É ILEGAL E CONFIGURA UMA
APROPRIAÇÃO INDEVIDA DOS DIREITOS INTELECTUAIS E PATRIMONIAIS DO AUTOR.

Título original:
Μήδεια

Capa, projeto gráfico e editoração eletrônica:
Bracher & Malta Produção Gráfica

Revisão:
Cide Piquet

1ª Edição - 2010 (5ª Reimpressão - 2023)

CIP - Brasil. Catalogação-na-Fonte
(Sindicato Nacional dos Editores de Livros, RJ, Brasil)

        Eurípides, *c.* 480-406 a.C.
E664m   Medeia / Eurípides; edição bilíngue;
        tradução, posfácio e notas de Trajano Vieira;
        comentário de Otto Maria Carpeaux —
        São Paulo: Editora 34, 2010 (1ª Edição).
        192 p.

        ISBN 978-85-7326-449-4

        Texto bilíngue, português e grego

            1. Teatro grego (Tragédia). I. Vieira,
Trajano. II. Carpeaux, Otto Maria, 1900-1978.
III. Título.

CDD - 882

MEDEIA

Agradecimentos	7
Nota preliminar	9
Ὑποθέσεις	14
Argumento	15
Ἀριστοφάνους γραμματικοῦ ὑπόθεσις	18
Argumento do gramático Aristófanes	19
Τὰ τοῦ δράματος πρόσωπα	20
Personagens	21
Μήδεια	22
Medeia	23
Posfácio do tradutor	157
Métrica e critérios de tradução	177
Sobre o autor	179
Sugestões bibliográficas	181
Excertos da crítica	183
"Eurípides e a tragédia grega", *Otto Maria Carpeaux*	187
Sobre o tradutor	191

Agradecimentos

Agradeço ao Professor Claude Calame, que me acolheu com extrema generosidade intelectual na École des Hautes Études en Sciences Sociales — Centre Louis Gernet —, em Paris, onde pude realizar este trabalho. Seria no mínimo pretensioso tentar apresentar neste breve espaço a magnitude de um helenista original, dialógico e formador.

Agradeço igualmente à Fapesp, que me concedeu uma Bolsa de Pesquisa no Exterior (BPE), para o desenvolvimento do projeto.

Trajano Vieira

Nota preliminar

Eurípides (c. 480-406 a.C.) encenou a tetralogia que incluía *Medeia* em março de 431 a.C. no concurso teatral das Grandes Dionísias, no qual se classificou em terceiro e último lugar (o ganhador, Euforion, hoje esquecido, ficou também à frente de Sófocles, segundo colocado). A data seria lembrada pelos atenienses, pois, poucos dias antes da representação, a cidade de Plateia, aliada de Atenas, sofrera ataque tebano, episódio que desencadeou a guerra do Peloponeso. Embora o drama elucide o material mitológico em que se baseia, algumas informações preliminares talvez sejam de interesse ao leitor. Homero menciona de passagem as expedições de Jasão (*Odisseia*, X, 134; XI, 256-9; XII, 59-72), sem se referir contudo a Medeia, citada por Hesíodo (*Teogonia*, 956-62, 992-1.002), que alude ao casamento com Jasão. Píndaro, além de abordar as núpcias da heroína, fala de seu papel na expedição dos argonautas (*Olímpica*, XIII, 53 ss.), sem deixar de lado sua habilidade em manipular venenos e a morte de Pélias (*Pítica*, IV, 233 e 250). Registre-se que, desde o início de sua atividade, Eurípides revelou interesse pela personagem. Em 455 a.C., sua estreia ocorreu com *Pelíades*, centrada no assassinato de Pélias, concebido por Medeia. Por volta de 440 a.C., escreveu *Egeu*, que aborda a estada de Medeia em Atenas e seus planos de assassinar Teseu.

 O mito dos argonautas tem origem bastante remota, provavelmente associado às expedições gregas no mar Negro, durante o período micênico. Entretanto, se tomarmos como base as fontes e as referências remanescentes, somos levados a crer que o assassinato dos filhos por Medeia é fruto da criação de Eurípides. O escritor alexandrino Apolônio de Rodes (século 3 a.C.) discorre, nas *Argonáuticas*, sobre a longa viagem de Jasão rumo à Cólquida, onde o rei Eeta, filho do Sol e pai de Medeia, lhe proporia três provas dificílimas para a obtenção do velo de ouro: subjugar dois touros selvagens, arar um campo onde seriam semeados os dentes do dragão de Ares, de que nasceriam guerreiros armados, e enfrentar estes guerreiros. Com o auxílio de Medeia, Jasão derrota os antagonistas. Por temor ao pai, ela foge com os argonautas, depois de auxiliar Jasão a eliminar o dragão protetor do velo de ouro. É nesse momento que o personagem promete casar-se com Medeia e conduzi-la à Grécia. Segundo Apolônio, o matrimônio se dá por "necessidade", na ilha dos feácios, durante o périplo dos argonautas. Arete, rainha do país, promove as núpcias entre Medeia e Jasão, para evitar que ela fosse reconduzida ao pai. Perseguidos no mar por Apsirto, irmão de Medeia, os argonautas conseguem assassiná-lo, graças à intervenção da heroína. No curso da viagem da Cólquida para Corinto, Medeia provoca a morte de Pélias (tio de Jasão que havia usurpado seu trono e o lançado à missão suicida em busca do velo de ouro), convencendo suas filhas a esquartejá-lo e a cozinhá-lo, no que seria um rito de preservação da juventude. É neste ponto que tem início a tragédia de Eurípides, quando o casal, exilado de Iolco pelo filho de Pélias, Acasto, finalmente aporta em Corinto. O casamento de Jasão com a filha de Creon, Glauce (não nomeada pelo poeta), talvez tenha origem anterior a Eurípides: Pausânias (*Guia da Grécia*, II, 3, 6) alude ao suicídio da princesa, que se atira numa fonte na tentativa de livrar-se do veneno de Medeia. No "Argumento" que antecede os manuscritos desta obra, diz-se que Eurípides buscou inspiração na peça homônima de Neofron, autor de 120 dramas, que apresenta, num dos três fragmentos supérstites de sua produção (transcritos por Donald J. Mastronarde em sua edição da peça),[1] Egeu, rei de Atenas, recém-chegado a Corinto para consultar Medeia sobre o oráculo de Delfos, referente à sua esterilidade.[2] Numa das notícias sobre a tragédia de Neofron, Dicearco, discípulo de Aristóteles, sugere igualmente que Eurípides teria se inspirado na obra homônima do primeiro.[3]

O texto de Eurípides inspirou numerosas obras, em diferentes épocas, de Sêneca a Pier Paolo Pasolini, passando por Corneille, Jean Anouilh, Heiner Müller, Lars von Trier e Christa Wolf. O vigor do mito pode ser avaliado pela maneira como vários de seus elementos são reinventados, desde a ocorrência de um Jasão bondoso e uma Medeia sórdida (que, na cena final, aparece sobre o teto de sua casa, com um filho vivo e o cadáver do outro) em Sêneca, até o retorno de uma Medeia imersa em atmosfera sagrada, à qual não falta o elemento onírico, como na cena em que o Sol lhe aparece em sonho, no filme de Pasolini estrelado por Maria Callas.

---

[1] *Eurípides — Medea*, edição de Donald J. Mastronarde, Cambridge, Cambridge University Press, 2002.

[2] Desconhece-se a origem exata desse "Argumento". Cogita-se que ele tenha tomado como base os exaustivos estudos de mitologia realizados por volta do século I, sob inspiração de Didimo. Denys L. Page (*Eurípides — Medea*, 1938, 12ª ed., 1988, pp. lv-lvi) considera interessante a hipótese de C. Robert, segundo a qual Ovídio teria utilizado informações contidas nesse trecho para escrever uma passagem das *Metamorfoses*: 8, 159-296.

[3] Ver, a respeito, o terceiro tópico ("Eurípides and Neophron") da introdução de Page à edição oxfordiana da *Medeia*.

MEDEIA

Ὑποθέσεις

Ἰάσων εἰς Κόρινθον ἐλθών, ἐπαγόμενος καὶ Μήδειαν, ἐγγυᾶται καὶ τὴν Κρέοντος τοῦ Κορινθίων βασιλέως θυγατέρα Γλαύκην πρὸς γάμον. μέλλουσα δὲ ἡ Μήδεια φυγαδεύεσθαι ὑπὸ Κρέοντος ἐκ τῆς Κορίνθου, παραιτησαμένη πρὸς μίαν ἡμέραν μεῖναι καὶ τυχοῦσα, μισθὸν τῆς χάριτος δῶρα διὰ τῶν παίδων πέμπει τῇ Γλαύκῃ ἐσθῆτα καὶ χρυσοῦν στέφανον, οἷς ἐκείνη χρησαμένη διαφθείρεται· καὶ ὁ Κρέων δὲ περιπλακεὶς τῇ θυγατρὶ ἀπόλλυται. Μήδεια δὲ τοὺς ἑαυτῆς παῖδας ἀποκτείνασα ἐπὶ ἅρματος δρακόντων πτερωτῶν, ὃ παρ' Ἡλίου ἔλαβεν, ἔποχος γενομένη ἀποδιδράσκει εἰς Ἀθήνας κἀκεῖσε Αἰγεῖ τῷ Πανδίονος γαμεῖται. Φερεκύδης δὲ καὶ Σιμωνίδης φασὶν ὡς ἡ Μήδεια ἀνεψήσασα τὸν Ἰάσονα νέον ποιήσειε. περὶ δὲ τοῦ πατρὸς αὐτοῦ Αἴσονος ὁ τοὺς Νόστους ποιήσας φησὶν οὕτως·

αὐτίκα δ' Αἴσονα θῆκε φίλον κόρον ἡβώοντα,
γῆρας ἀποξύσασ' εἰδυίῃσι πραπίδεσσι,
φάρμακα πόλλ' ἕψουσ' ἐπὶ χρυσείοισι λέβησιν.

Αἰσχύλος δ' ἐν ταῖς Διονύσου Τροφοῖς ἱστορεῖ ὅτι καὶ τὰς Διονύσου τροφοὺς μετὰ τῶν ἀνδρῶν αὐτῶν ἀνεψήσασα ἐνεοποίησε. Στάφυλος δέ φησι τὸν Ἰάσονα τρόπον τινὰ ὑπὸ τῆς Μηδείας ἀναιρεθῆναι· ἐγκελεύσασθαι γὰρ αὐτὴν οὕτως ὑπὸ τῇ πρύμνῃ τῆς Ἀργοῦς κατακοιμηθῆναι, μελλούσης τῆς νεὼς διαλύεσθαι ὑπὸ τοῦ χρόνου· ἐπιπεσούσης γοῦν τῆς πρύμνης τῷ Ἰάσονι τελευτῆσαι αὐτόν.

Τὸ δρᾶμα δοκεῖ ὑποβαλέσθαι παρὰ Νεόφρονος διασκευάσας, ὡς Δικαίαρχος ... τοῦ τῆς Ἑλλάδος βίου καὶ Ἀριστοτέλης ἐν ὑπο-

Argumento

Chegando a Corinto em companhia de Medeia, Jasão assume o compromisso de se casar com Glauce, filha de Creon, rei de Corinto. Prestes a ser exilada de Corinto por Creon, Medeia pediu e obteve permissão de permanecer mais um dia na cidade; em sinal de gratidão, envia alguns presentes a Glauce, por intermédio de seus filhos: vestes e uma coroa de ouro. Ao colocá-las, Glauce perde a vida, e Creon, ao abraçar a filha, também falece. Medeia, depois de matar os próprios filhos, sobe num carro puxado por dragões alados, presente do Sol, fugindo para Atenas, onde se casa com Egeu, filho de Pândion. Ferecides e Simônides contam que Medeia, tendo cozinhado Jasão, devolve-lhe a juventude. Sobre seu pai Eson, o autor de *Regressos* se exprime assim:

> Transforma Eson num moço em flor de idade,
> poupando-o da velhice, mente aguda,
> cozendo em tachos de ouro muitos fármacos.

Ésquilo, em *As nutrizes de Dioniso*, conta que ela também rejuvenesceu as nutrizes de Dioniso, cozinhando-as com seus esposos. Estáfilo afirma que Medeia impôs a Jasão a seguinte morte: ela mesma pede que ele durma sob a popa da nave Argo, corroída pela ação do tempo. Ao cair sobre Jasão a popa, perdeu a vida.

O drama parece ter sido tomado de Neofron, mediante adaptação, segundo Dicearco em *Vida da Grécia* e Aristóte-

μνήμασι. μέμφονται δὲ αὐτῷ τὸ μὴ πεφυλαχέναι τὴν ὑπόκρισιν τῇ Μηδείᾳ, ἀλλὰ προπεσεῖν εἰς δάκρυα, ὅτε ἐπεβούλευσεν Ἰάσονι καὶ τῆι γυναικί. ἐπαινεῖται δὲ ἡ εἰσβολὴ διὰ τὸ παθητικῶς ἄγαν ἔχειν, καὶ ἡ ἐπεξεργασία „μηδ' ἐν νάπαισι" καὶ τὰ ἑξῆς. ὅπερ ἀγνοήσας Τιμαχίδας τῷ ὑστέρῳ φησὶ πρώτῳ κεχρῆσθαι, ὡς Ὅμηρος·

εἵματά τ' ἀμφιέσασα θυώδεα καὶ λούσασα.

les em suas *Memórias*. Ambos o criticam por não ter mantido inalterado o caráter de Medeia, que cai em pranto ao tramar o plano contra Jasão e sua mulher. Mas o começo é elogiado por seu tom patético e pelo desenvolvimento: "e nem nos vales" e o que lhe segue. Foi o que Timáquidas ignorou, ao afirmar que o autor incorreu em inversão da ordem lógica, como Homero:

Vestindo roupas odorosas e banhando-se.

Ἀριστοφάνους γραμματικοῦ ὑπόθεσις

Μήδεια διὰ τὴν πρὸς Ἰάσονα ἔχθραν τῷ ἐκεῖνον γεγαμηκέναι τὴν Κρέοντος θυγατέρα ἀπέκτεινε μὲν Γλαύκην καὶ Κρέοντα καὶ τοὺς ἰδίους υἱούς, ἐχωρίσθη δὲ Ἰάσονος Αἰγεῖ συνοικήσουσα. παρ' οὐδετέρῳ κεῖται ἡ μυθοποιία. ἡ μὲν σκηνὴ τοῦ δράματος ὑπόκειται ἐν Κορίνθῳ, ὁ δὲ χορὸς συνέστηκεν ἐκ γυναικῶν πολιτίδων. προλογίζει δὲ τροφὸς Μηδείας. ἐδιδάχθη ἐπὶ Πυθοδώρου ἄρχοντος ὀλυμπιάδος πζ' ἔτει α'. πρῶτος Εὐφορίων, δεύτερος Σοφοκλῆς, τρίτος Εὐριπίδης Μηδείᾳ, Φιλοκτήτῃ, Δίκτυι, Θερισταῖς σατύροις. οὐ σῴζεται.

Argumento do gramático Aristófanes[1]

Medeia, por causa de seu ódio contra Jasão, que desposara Glauce, filha de Creon, assassinou-a e a Creon e aos próprios filhos e separou-se de Jasão para viver com Egeu. O argumento está ausente da obra dos outros dois trágicos. A cena do drama se passa em Corinto, o coro é composto por mulheres da cidade. A nutriz de Medeia pronuncia o prólogo. A representação teve lugar sob o arcontado de Pitodoro, no primeiro ano da Olimpíada 87 (431 a.C.). Euforion classificou-se em primeiro lugar, Sófocles em segundo, Eurípides em terceiro com *Medeia, Filoctetes, Dictis* e o drama satírico *Os segadores*, obra perdida.[2]

---

[1] Erudito que viveu por volta de 200 a.C., Aristófanes de Bizâncio editou as tragédias gregas antecedendo-as de textos de sua própria lavra.

[2] Já na época de Aristófanes, o drama satírico *Os segadores* havia se perdido. As outras duas obras mencionadas, *Filoctectes* e *Dictis*, não chegaram até nós. Registre-se que, nas competições de tragédia, cada autor apresentava três obras, seguidas de um drama satírico.

Τὰ τοῦ δράματος πρόσωπα

ΤΡΟΦΟΣ
ΠΑΙΔΑΓΩΓΟΣ
ΜΗΔΕΙΑ
ΧΟΡΟΣ ΓΥΝΑΙΚΩΝ
ΚΡΕΩΝ
ΙΑΣΩΝ
ΑΙΓΕΥΣ
ΑΓΓΕΛΟΣ
ΠΑΙΔΕΣ ΜΗΔΕΙΑΣ

Personagens

NUTRIZ
PEDAGOGO
MEDEIA
CORO de mulheres coríntias
CREON, rei de Corinto
JASÃO
EGEU, rei de Atenas
MENSAGEIRO
FILHOS de Medeia

Μήδεια*

ΤΡΟΦΟΣ

Εἴθ' ὤφελ' Ἀργοῦς μὴ διαπτάσθαι σκάφος
Κόλχων ἐς αἶαν κυανέας Συμπληγάδας,
μηδ' ἐν νάπαισι Πηλίου πεσεῖν ποτε
τμηθεῖσα πεύκη, μηδ' ἐρετμῶσαι χέρας
ἀνδρῶν ἀρίστων, οἳ τὸ πάγχρυσον δέρας   5
Πελίᾳ μετῆλθον. οὐ γὰρ ἂν δέσποιν' ἐμὴ
Μήδεια πύργους γῆς ἔπλευσ' Ἰωλκίας
ἔρωτι θυμὸν ἐκπλαγεῖσ' Ἰάσονος·
οὐδ' ἂν κτανεῖν πείσασα Πελιάδας κόρας
πατέρα κατῴκει τήνδε γῆν Κορινθίαν   10

---

* Texto grego estabelecido a partir de *Euripides — Medea*, edição com introdução e comentário de Denys L. Page, Oxford, Oxford University Press, 1938 (12ª ed., 1988).

Medeia

[Cena diante do palácio de Medeia, de onde sai a nutriz]

NUTRIZ[1]

Argo, carena transvoante, não
cruzara o azul-cianuro das Simplégades,
rumo aos colcos![2] O talhe em pinho pélio
não produziria o remo dos heróis
condutores do velo pandourado   5
a Pélias: longe das ameias de Iolco,
Medeia ficaria, e eu com ela,
sem que eros, por Jasão, a transtornasse!
Nem Pélias[3] jazeria pelas mãos
das filhas convencidas por quem sirvo,   10

---

[1] Eurípides normalmente inicia seus dramas com um monólogo que alude a episódios anteriores relevantes e antecipa as questões centrais da peça. Na comédia *As rãs*, Aristófanes ironiza esse aspecto, colocando na boca do próprio Eurípides, personagem da peça, as seguintes palavras: "mas meu primeiro personagem, saindo dos bastidores, relatava imediatamente a origem do drama" (vv. 946-7).

[2] Nesta bela abertura, em que as velas no navio Argo são comparadas às asas de um pássaro, a nutriz alude a episódios da expedição dos argonautas, depois da conquista do velo dourado, rumo à Cólquida, ao sul do Cáucaso, onde se encontram os íngremes rochedos denominados Simplégades.

[3] Jasão vinga-se de Pélias, assassino de seu pai, por intermédio de Medeia, que convence suas filhas a esquartejá-lo e a cozinhá-lo, com o argumento de que se trataria de um rito de rejuvenescimento.

ξὺν ἀνδρὶ καὶ τέκνοισιν, ἀνδάνουσα μὲν
φυγῇ πολιτῶν ὧν ἀφίκετο χθόνα,
αὐτή τε πάντα ξυμφέρουσ' Ἰάσονι·
ἥπερ μεγίστη γίγνεται σωτηρία,
ὅταν γυνὴ πρὸς ἄνδρα μὴ διχοστατῇ. 15
νῦν δ' ἐχθρὰ πάντα, καὶ νοσεῖ τὰ φίλτατα.
προδοὺς γὰρ αὑτοῦ τέκνα δεσπότιν τ' ἐμὴν
γάμοις Ἰάσων βασιλικοῖς εὐνάζεται,
γήμας Κρέοντος παῖδ', ὃς αἰσυμνᾷ χθονός·
Μήδεια δ' ἡ δύστηνος ἠτιμασμένη 20
βοᾷ μὲν ὅρκους, ἀνακαλεῖ δὲ δεξιᾶς
πίστιν μεγίστην, καὶ θεοὺς μαρτύρεται
οἵας ἀμοιβῆς ἐξ Ἰάσονος κυρεῖ.
κεῖται δ' ἄσιτος, σῶμ' ὑφεῖσ' ἀλγηδόσι,
τὸν πάντα συντήκουσα δακρύοις χρόνον, 25
ἐπεὶ πρὸς ἀνδρὸς ᾔσθετ' ἠδικημένη,
οὔτ' ὄμμ' ἐπαίρουσ' οὔτ' ἀπαλλάσσουσα γῆς
πρόσωπον· ὡς δὲ πέτρος ἢ θαλάσσιος
κλύδων ἀκούει νουθετουμένη φίλων·
ἢν μή ποτε στρέψασα πάλλευκον δέρην 30
αὐτὴ πρὸς αὑτὴν πατέρ' ἀποιμώξῃ φίλον
καὶ γαῖαν οἴκους θ', οὓς προδοῦσ' ἀφίκετο
μετ' ἀνδρὸς ὅς σφε νῦν ἀτιμάσας ἔχει.
ἔγνωκε δ' ἡ τάλαινα συμφορᾶς ὕπο
οἷον πατρῴας μὴ ἀπολείπεσθαι χθονός. 35
στυγεῖ δὲ παῖδας οὐδ' ὁρῶσ' εὐφραίνεται.
δέδοικα δ' αὐτὴν μή τι βουλεύσῃ νέον·
[βαρεῖα γὰρ φρήν, οὐδ' ἀνέξεται κακῶς
πάσχουσ'· ἐγᾦδα τήνδε, δειμαίνω τέ νιν
μὴ θηκτὸν ὤσῃ φάσγανον δι' ἥπατος, 40
σιγῇ δόμους ἐσβᾶσ', ἵν' ἔστρωται λέχος,
ἢ καὶ τύραννον τόν τε γήμαντα κτάνῃ,

nem ela viveria com os filhos
e o marido no exílio de Corinto,
sempre solícita com os daqui,
jamais em discordância com o cônjuge.
Se há concordância entre o casal, a paz
no lar é plena. O amor adoece agora,
instaura-se o conflito, pois Jasão
deitou-se com a filha de Creon.
Rebaixa a própria esposa e os descendentes.
Medeia amealha a messe da miséria,
soergue a destra, explode em jura, evoca
o testemunho dos divinos: eis
a paga de Jasão com o que lucra!
Seu corpo carpe, inane ela se prostra,
delonga o pranto grave assim que sabe
o quanto fora injustiçada. O olhar
sucumbe à terra, nada a faz erguê-lo,
feito escarcéu marinho, feito pedra,
discerne o vozerio amigo, exceto
quando regira o colo ensimesmado,
alvíssimo, em lamúrias pelo pai,
pelo país natal, que atraiçoou
por quem sem honra a tem agora. Aprende
o quanto custa renegar o sítio
natal. Ao ver os filhos, tolda o cenho
com desdém. Tremo só de imaginar
que trame novidades. Sua psique
circunspecta suporta mal a dor.
Conheço-a de longa data e não
descarto a hipótese de que apunhale
o fígado, depois que entrou sem voz,
rumo ao leito... ou será que mata o rei

κἄπειτα μείζω συμφορὰν λάβῃ τινά.]
δεινὴ γάρ· οὔτοι ῥᾳδίως γε συμβαλὼν
ἔχθραν τις αὐτῇ καλλίνικον οἴσεται. 45
   ἀλλ' οἵδε παῖδες ἐκ τρόχων πεπαυμένοι
στείχουσι, μητρὸς οὐδὲν ἐννοούμενοι
κακῶν· νέα γὰρ φροντὶς οὐκ ἀλγεῖν φιλεῖ.

ΠΑΙΔΑΓΩΓΟΣ

παλαιὸν οἴκων κτῆμα δεσποίνης ἐμῆς,
τί πρὸς πύλαισι τήνδ' ἄγουσ' ἐρημίαν 50
ἕστηκας, αὐτὴ θρεομένη σαυτῇ κακά;
πῶς σοῦ μόνη Μήδεια λείπεσθαι θέλει;

ΤΡΟΦΟΣ

τέκνων ὀπαδὲ πρέσβυ τῶν Ἰάσονος,
χρηστοῖσι δούλοις ξυμφορὰ τὰ δεσποτῶν
κακῶς πίτνοντα, καὶ φρενῶν ἀνθάπτεται. 55
ἐγὼ γὰρ ἐς τοῦτ' ἐκβέβηκ' ἀλγηδόνος,
ὥσθ' ἵμερός μ' ὑπῆλθε γῇ τε κοὐρανῷ
λέξαι μολούσῃ δεῦρο δεσποίνης τύχας.

ΠΑΙΔΑΓΩΓΟΣ

οὔπω γὰρ ἡ τάλαινα παύεται γόων;

ΤΡΟΦΟΣ

ζηλῶ σ'· ἐν ἀρχῇ πῆμα κοὐδέπω μεσοῖ. 60

ΠΑΙΔΑΓΩΓΟΣ

ὦ μῶρος, εἰ χρὴ δεσπότας εἰπεῖν τόδε·
ὡς οὐδὲν οἶδε τῶν νεωτέρων κακῶν.

26

e o marido, agravando o quadro mais?
Ela é terribilíssima. Ninguém
que a enfrente logra o louro facilmente.   45
Seus filhos chegam, finda a correria,
sem ter noção do que acomete a mãe,
pois tem horror à dor a mente em flor.

PEDAGOGO
Ó fâmula que há anos serve a ama,
por que ficar plantada no ermo umbral,   50
carpindo o mal de ti para contigo?
Solitária de ti, Medeia assente?

NUTRIZ
Provecto protetor dos jasonidas,
o servo de valor solidariza-se
com quem comanda, se o revés o atinge.   55
Sujeita à dor infinda, o afã moveu-me
para dizer ao céu acima e abaixo
a sina que hoje deixa a dama aflita.

PEDAGOGO
Ela persiste nas lamentações?

NUTRIZ
Diria que o sofrimento mal desponta.   60

PEDAGOGO
Que tola! (se ouso me exprimir assim),
pois ignora sua mais recente agrura.

ΤΡΟΦΟΣ
τί δ' ἔστιν, ὦ γεραιέ; μὴ φθόνει φράσαι.

ΠΑΙΔΑΓΩΓΟΣ
οὐδέν· μετέγνων καὶ τὰ πρόσθ' εἰρημένα.

ΤΡΟΦΟΣ
μή, πρὸς γενείου, κρύπτε σύνδουλον σέθεν· 65
σιγὴν γάρ, εἰ χρή, τῶνδε θήσομαι πέρι.

ΠΑΙΔΑΓΩΓΟΣ
ἤκουσά του λέγοντος, οὐ δοκῶν κλύειν,
πεσσοὺς προσελθών, ἔνθα δὴ παλαίτατοι
θάσσουσι, σεμνὸν ἀμφὶ Πειρήνης ὕδωρ,
ὡς τούσδε παῖδας γῆς ἐλᾶν Κορινθίας 70
σὺν μητρὶ μέλλοι τῆσδε κοίρανος χθονὸς
Κρέων. ὁ μέντοι μῦθος εἰ σαφὴς ὅδε
οὐκ οἶδα· βουλοίμην δ' ἂν οὐκ εἶναι τόδε.

ΤΡΟΦΟΣ
καὶ ταῦτ' Ἰάσων παῖδας ἐξανέξεται
πάσχοντας, εἰ καὶ μητρὶ διαφορὰν ἔχει; 75

ΠΑΙΔΑΓΩΓΟΣ
παλαιὰ καινῶν λείπεται κηδευμάτων,
κοὐκ ἔστ' ἐκεῖνος τοῖσδε δώμασιν φίλος.

NUTRIZ

Do que se trata, ancião? Nada me ocultes!

PEDAGOGO

Cala-te, boca! Esquece o que eu já disse!

NUTRIZ

Compartimos de moira escrava idêntica; 65
calo o que falas, se esse for o caso.

PEDAGOGO

De passagem por onde os velhos jogam
dados, à margem do Pirene sacro,[4]
fazendo-me de ausente, pude ouvir
que o rei tem a intenção de ver bem longe 70
de Corinto Medeia com seus filhos.
Não sei o quanto é exato o falatório,
mas torço para que não se confirme.

NUTRIZ

Jasão aceita a punição dos filhos,
embora em litígio com Medeia? 75

PEDAGOGO

Núpcias novas destroem o liame antigo;
ele é malquisto neste domicílio.

---

[4] Situada na ágora de Corinto, a fonte Pirene teria sido dada por Asopo ao rei da cidade, Sísifo, que lhe revelara o autor do rapto da filha Egina: Zeus. Ver Heródoto, V, 12.

ΤΡΟΦΟΣ

ἀπωλόμεσθ' ἄρ', εἰ κακὸν προσοίσομεν
νέον παλαιῷ, πρὶν τόδ' ἐξηντληκέναι.

ΠΑΙΔΑΓΩΓΟΣ

ἀτὰρ σύ γ', οὐ γὰρ καιρὸς εἰδέναι τόδε 80
δέσποιναν, ἡσύχαζε καὶ σίγα λόγον.

ΤΡΟΦΟΣ

ὦ τέκν', ἀκούεθ' οἷος εἰς ὑμᾶς πατήρ;
ὄλοιτο μὲν μή· δεσπότης γάρ ἐστ' ἐμός·
ἀτὰρ κακός γ' ὢν ἐς φίλους ἁλίσκεται.

ΠΑΙΔΑΓΩΓΟΣ

τίς δ' οὐχὶ θνητῶν; ἄρτι γιγνώσκεις τόδε, 85
ὡς πᾶς τις αὑτὸν τοῦ πέλας μᾶλλον φιλεῖ,
[οἳ μὲν δικαίως, οἳ δὲ καὶ κέρδους χάριν,]
εἰ τούσδε γ' εὐνῆς οὕνεκ' οὐ στέργει πατήρ;

ΤΡΟΦΟΣ

ἴτ', εὖ γὰρ ἔσται, δωμάτων ἔσω, τέκνα.
σὺ δ' ὡς μάλιστα τούσδ' ἐρημώσας ἔχε 90
καὶ μὴ πέλαζε μητρὶ δυσθυμουμένῃ.
ἤδη γὰρ εἶδον ὄμμα νιν ταυρουμένην
τοῖσδ', ὥς τι δρασείουσαν· οὐδὲ παύσεται
χόλου, σάφ' οἶδα, πρὶν κατασκῆψαί τινα.
ἐχθρούς γε μέντοι, μὴ φίλους, δράσειέ τι. 95

30

NUTRIZ

Quanto pesar, se o mal se acresce ao mal,
sem que o anterior deságue da sentina.⁵

PEDAGOGO

Como não é o momento de a senhora 80
tomar ciência da ocorrência, cala-te!

NUTRIZ

É claro o afeto paternal, meninos?
Sonho que morra — não! — pois me chefia!
Mas com quem deveria amar é um crápula.

PEDAGOGO

E quem não é? Não vês que o ser humano 85
ama a si mesmo mais do que ao vizinho
a um norteia o justo, a outro o lucro,
como o pai que prefere a noiva aos filhos?

NUTRIZ

Sugiro que entrem já os dois garotos!
Melhor mantê-los, pedagogo, longe 90
da mater mesta, que os olhava há pouco
taurivoraz, quem sabe com intento
inconfessável. Se a conheço bem,
sua fúria só alivia se fulmina
alguém que, espero, não seja um amigo. 95

---

⁵ Diferentemente de outros tradutores, preferi manter a metáfora decorrente do emprego de um verbo de uso naval: *exantleo*, "retirar a água da embarcação".

ΜΗΔΕΙΑ

ἰώ,
δύστανος ἐγὼ μελέα τε πόνων,
ἰώ μοί μοι, πῶς ἂν ὀλοίμαν;

ΤΡΟΦΟΣ

τόδ' ἐκεῖνο, φίλοι παῖδες· μήτηρ
κινεῖ κραδίαν, κινεῖ δὲ χόλον.
σπεύσατε θᾶσσον δώματος εἴσω 100
καὶ μὴ πελάσητ' ὄμματος ἐγγὺς,
μηδὲ προσέλθητ', ἀλλὰ φυλάσσεσθ'
ἄγριον ἦθος στυγεράν τε φύσιν
φρενὸς αὐθαδοῦς.
ἴτε νυν, χωρεῖθ' ὡς τάχος εἴσω. 105
δῆλον δ' ἀρχῆς ἐξαιρόμενον
νέφος οἰμωγῆς ὡς τάχ' ἀνάψει
μείζονι θυμῷ· τί ποτ' ἐργάσεται
μεγαλόσπλαγχνος δυσκατάπαυστος
ψυχὴ δηχθεῖσα κακοῖσιν; 110

[Ouvem-se gritos vindos do palácio]

MEDEIA
Tristeza! Infeliz de mim!
Pudera morrer!

NUTRIZ
Eis o que afirmo, filhos!
Medeia agita o coração, agita a bile!
Ganhai os aposentos da morada, 100
evitai o contato com ela,
distantes de seu campo de visão!
É crua em seu jeito de ser;
o íntimo da mente altiva
horripila. Distância!
Agilizai o avanço nos recessos do lar! 105
Não demora para a nuvem do queixume
ascender e agigantar
na flama da fúria.[6]
Do nascedouro, só se avista a chispa.[7]
Males remordem-lhe a ânima
megaintumescida, antidelimitável.[8]
O passo, o próximo, aonde aponta? 110

---

[6] O leitor encontrará imagem similar nas *Fenícias* (v. 250), do mesmo Eurípides.

[7] Notável metáfora que traça um paralelo entre o recrudescimento da fúria de Medeia e a intensificação da tempestade, que culmina com o fulgor do raio a partir da nuvem.

[8] Mantive a justaposição inesperada de dois longos e raros compostos presentes no original.

ΜΗΔΕΙΑ

αἰαῖ,
ἔπαθον τλάμων ἔπαθον μεγάλων
ἄξι' ὀδυρμῶν· ὦ κατάρατοι
παῖδες ὄλοισθε στυγερᾶς ματρὸς
    σὺν πατρί, καὶ πᾶς δόμος ἔρροι.

ΤΡΟΦΟΣ

ἰώ μοί μοι, ἰὼ τλήμων.   115
τί δέ σοι παῖδες πατρὸς ἀμπλακίας
μετέχουσι; τί τούσδ' ἔχθεις; οἴμοι,
τέκνα, μή τι πάθηθ' ὡς ὑπεραλγῶ.
δεινὰ τυράννων λήματα καί πως
ὀλίγ' ἀρχόμενοι, πολλὰ κρατοῦντες   120
χαλεπῶς ὀργὰς μεταβάλλουσιν.
τὸ γὰρ εἰθίσθαι ζῆν ἐπ' ἴσοισιν
κρεῖσσον· ἐμοὶ γοῦν ἐπὶ μὴ μεγάλοις
ὀχυρῶς γ' εἴη καταγηράσκειν.
τῶν γὰρ μετρίων πρῶτα μὲν εἰπεῖν   125
τοὔνομα νικᾷ, χρῆσθαί τε μακρῷ
λῷστα βροτοῖσιν· τὰ δ' ὑπερβάλλοντ'
οὐδένα καιρὸν δύναται θνητοῖς·
μείζους δ' ἄτας, ὅταν ὀργισθῇ
    δαίμων οἴκοις, ἀπέδωκεν.   130

MEDEIA

Sofrimento imenso!
Nada sofreia o sofrimento que me abate!⁹
Ó prole odiosa de uma mater mórbida,
meritória de maus votos,
pereça com o pai!
Derrua, sem arrimo, a moradia!

NUTRIZ

Tristeza! Em que a prole se associa 115
ao descaminho do pai? Injusta ojeriza! Ai!
Temo ver algo que vos afete, filhos!
O tino tirano aturde:
impõe o máximo, concede o mínimo, 120
raro transmuda o humor.
Prefiro habituar a vida à similitude.
Sonho a platitude da velhice,
alheia a vultuosos vultos.
Acima de tudo,
a denominação da mediania vence na elocução 125
e frutifica no afazer de proveito.
O excesso desvigora o oportuno, e sua dádiva,
quando o deus se enfuria,
desmesura o revés nas moradias. 130

[O coro de mulheres sai do palácio de Medeia]

---

⁹ A repetição vocabular, que ocorre aqui e nos versos 99, 131 e 976-9, é um traço estilístico de Eurípides, ironizado por Aristófanes nas *Rãs* (vv. 1.336, 1.352-5).

ΧΟΡΟΣ

ἔκλυον φωνάν, ἔκλυον δὲ βοὰν
τᾶς δυστάνου Κολχίδος, οὐδέ πω
　　ἤπιος· ἀλλ' ὦ γηραιά,
λέξον· ἐπ' ἀμφιπύλου γὰρ ἔσω μελάθρου βοὰν　　135
ἔκλυον· οὐδὲ συνήδομαι, ὦ γύναι, ἄλγεσιν
δώματος, ἐπεί μοι φίλον κέκρανται.

ΤΡΟΦΟΣ

οὐκ εἰσὶ δόμοι· φροῦδα τάδ' ἤδη.
τὸν μὲν γὰρ ἔχει λέκτρα τυράννων,　　140
ἃ δ' ἐν θαλάμοις τάκει βιοτὰν
δέσποινα, φίλων οὐδενὸς οὐδὲν
　　παραθαλπομένα φρένα μύθοις.

ΜΗΔΕΙΑ

αἰαῖ.
διά μου κεφαλᾶς φλὸξ οὐρανία
βαίη· τί δέ μοι ζῆν ἔτι κέρδος;　　145
φεῦ φεῦ· θανάτῳ καταλυσαίμαν
　　βιοτὰν στυγερὰν προλιποῦσα.

ΧΟΡΟΣ

ἄιες, ὦ Ζεῦ καὶ γᾶ καὶ φῶς,　　Estr. 1
ἀχὰν οἵαν ἁ δύστανος
μέλπει νύμφα;　　150

CORO

Ouço a voz, ouço a voz atroz
da infeliz colquídia;
indicação não há de que asserene.
Sou toda ouvidos, anciã! 135
Do recinto ambientrável provinha o grito.
Amua o sofrer da moradia,
onde meu afeto se difunde.

NUTRIZ

Morada é coisa do passado.
O tálamo real retém Jasão,[10] 140
Medeia consome a vida no aposento,
vazia de palavras que lhe afaguem o íntimo.

MEDEIA

Ai!
Que a acha urânica rache-me a têmpora!
Há ganho em perseverar? 145
Pudera esvair-me a vida estígia,
dádiva de tânatos!

CORO

É audível, Zeus, Terra, Luz, Estr. 1
como a esposa modula
a inclemência do clamor? 150

---

[10] Referência ao casamento de Jasão com a filha de Creon, não nomeada neste drama.

37

τίς σοί ποτε τᾶς ἀπλάτου
κοίτας ἔρος, ὦ ματαία;
σπεύσει θανάτου τελευτάν;
μηδὲν τόδε λίσσου.
εἰ δὲ σὸς πόσις 155
καινὰ λέχη σεβίζει,
κοινὸν τόδε· μὴ χαράσσου·
Ζεύς σοι τάδε συνδικήσει. μὴ λίαν
τάκου δυρομένα σὸν εὐνάταν.

ΜΗΔΕΙΑ
ὦ μεγάλα Θέμι καὶ πότνι᾽ Ἄρτεμι, 160
λεύσσεθ᾽ ἃ πάσχω, μεγάλοις ὅρκοις
ἐνδησαμένα τὸν κατάρατον
πόσιν; ὅν ποτ᾽ ἐγὼ νύμφαν τ᾽ ἐσίδοιμ᾽
αὐτοῖς μελάθροις διακναιομένους,
οἵ᾽ ἐμὲ πρόσθεν τολμῶσ᾽ ἀδικεῖν. 165
ὦ πάτερ, ὦ πόλις, ὧν ἀπενάσθην
αἰσχρῶς τὸν ἐμὸν κτείνασα κάσιν.

ΤΡΟΦΟΣ
κλύεθ᾽ οἷα λέγει κἀπιβοᾶται
Θέμιν εὐκταίαν Ζῆνά θ᾽, ὃς ὅρκων
θνητοῖς ταμίας νενόμισται; 170

Ser sem norte,
a eros do leito lúgubre,
como denominá-lo?
Tânatos terminal já desponta?
Deixa de invocá-lo!
Se teu marido virou idólatra   155
de cama infrequentada,
isso é com ele! Não te inflames!
Zeus abraça tua causa!
Evita que te consuma o pranto esponsalício!

MEDEIA

Magna Têmis,[11] Ártemis augusta,   160
notai o que padeço,
eu que me vinculei com juras magnas
a um horror de homem!
Ainda me seja dado vislumbrá-lo,
a ele e à sua donzela,
ambos derruídos no castelo!
Quem, antes, ousou desonrar-me?   165
Pai, pátria de onde parti com o estigma do opróbrio,
algoz do próprio irmão!

NUTRIZ

Foi clara no que disse,
no sobrerrumor à Têmis protetora
e a Zeus, paladino das juras   170

---

[11] Filha de Urano e Geia numa passagem da *Teogonia* (v. 135) de Hesíodo, Têmis é referida como esposa de Zeus (v. 901), mãe de Dike, Justiça.

οὐκ ἔστιν ὅπως ἔν τινι μικρῷ
   δέσποινα χόλον καταπαύσει.

ΧΟΡΟΣ

πῶς ἂν ἐς ὄψιν τὰν ἁμετέραν   Ant. 1
ἔλθοι μύθων τ' αὐδαθέντων
δέξαιτ' ὀμφάν;   175
εἴ πως βαρύθυμον ὀργὰν
καὶ λῆμα φρενῶν μεθείη;
μήτοι τό γ' ἐμὸν πρόθυμον
φίλοισιν ἀπέστω.
ἀλλὰ βᾶσά   180
νιν δεῦρο πόρευσον οἴκων
ἔξω· φίλα καὶ τάδ' αὔδα.
†σπεῦσαι πρίν τι† κακῶσαι τοὺς εἴσω·
πένθος γὰρ μεγάλως τόδ' ὁρμᾶται.

ΤΡΟΦΟΣ

δράσω τάδ'· ἀτὰρ φόβος εἰ πείσω
δέσποιναν ἐμήν·   185
μόχθου δὲ χάριν τήνδ' ἐπιδώσω.
καίτοι τοκάδος δέργμα λεαίνης
ἀποταυροῦται δμωσίν, ὅταν τις
μῦθον προφέρων πέλας ὁρμηθῇ.
σκαιοὺς δὲ λέγων κοὐδέν τι σοφοὺς   190
τοὺς πρόσθε βροτοὺς οὐκ ἂν ἁμάρτοις,
οἵτινες ὕμνους ἐπὶ μὲν θαλίαις
ἐπί τ' εἰλαπίναις καὶ παρὰ δείπνοις
ηὕροντο βίου τερπνὰς ἀκοάς·
στυγίους δὲ βροτῶν οὐδεὶς λύπας   195
ηὕρετο μούσῃ καὶ πολυχόρδοις
ᾠδαῖς παύειν, ἐξ ὧν θάνατοι

que divisam os perecíveis?
Não será algo sem magnitude que aplaque sua fúria!

CORO
Como trazê-la ao nosso campo de visão,   Ant. 1
sem que renegue
o som que a voz emita?
Cede o frenesi de seu ânimo,
o coração fundo-colérico?   175
Evito pecar pela falta de rasgo
em prol de amigos!
Conduzi Medeia fora do logradouro
com a mensagem de nosso apreço!   180
O atraso pode ferir terceiros,
pois a dor parece que irrompe irrepresável!

NUTRIZ
Temo não convencê-la,
mas não me furto ao encargo,   185
apesar do olhar de toura
feito leoa que mira o avanço dos servos no pós-parto,
na hipótese de um terceiro
que lhe queira aconselhar.
Acerta quem registre a obtusidade, o saber vazio   190
dos antigos inventores de poesia,
som em que germina a vida no afago do festim!
Não houve musa que desvendasse   195
em cantos pluricordes
a arte de estancar o luto lúgubre,
dizimador de moradias
com o revés atroz de Tânatos!

δειναί τε τύχαι σφάλλουσι δόμους.
καίτοι τάδε μὲν κέρδος ἀκεῖσθαι
μολπαῖσι βροτούς· ἵνα δ' εὔδειπνοι 200
δαῖτες, τί μάτην τείνουσι βοήν;
τὸ παρὸν γὰρ ἔχει τέρψιν ἀφ' αὑτοῦ
 δαιτὸς πλήρωμα βροτοῖσιν.

ΧΟΡΟΣ
ἰαχὰν ἄιον πολύστονον γόων, 205
λιγυρὰ δ' ἄχεα μογερὰ βοᾷ
τὸν ἐν λέχει προδόταν κακόνυμφον·
θεοκλυτεῖ δ' ἄδικα παθοῦσα
τὰν Ζηνὸς ὁρκίαν Θέμιν, ἅ νιν ἔβασεν
Ἑλλάδ' ἐς ἀντίπορον 210
δι' ἅλα νύχιον ἐφ' ἁλμυρὰν
 Πόντου κλῇδ' ἀπεράντον.

ΜΗΔΕΙΑ
Κορίνθιαι γυναῖκες, ἐξῆλθον δόμων,
μή μοί τι μέμψησθ'· οἶδα γὰρ πολλοὺς βροτῶν 215
σεμνοὺς γεγῶτας, τοὺς μὲν ὀμμάτων ἄπο,
τοὺς δ' ἐν θυραίοις· οἱ δ' ἀφ' ἡσύχου ποδὸς
δύσκλειαν ἐκτήσαντο καὶ ῥᾳθυμίαν.
δίκη γὰρ οὐκ ἔνεστ' ἐν ὀφθαλμοῖς βροτῶν,

Que lucro logro em curar musicalmente o luto?
Por que a inutilidade da voz no sobretom,
no âmbito da festa farta?
Na plenitude do cardápio disponível
vigora o regozijo.

CORO
Discirno pluridor no estrídulo;[12]
regurgita langores lúgubres,
avessa ao desmarido[13] desertor de leito.
Padece o injusto
na invocação a Têmis, guardiã do juramento,
filha de Zeus, sua guia à fímbria oposta à Hélade,
quando o mar anoitecia
na clausura salobra do ponto inabordável.[14]

MEDEIA
Mulheres de Corinto, deixo o lar
para evitar que línguas vis me agridam:
gente soberba é o que não falta, atrás
da porta ou porta afora, mas o afável
suporta o estigma de pueril: o homem
em tudo vê injustiça e odeia o próximo

---

[12] Procurei de algum modo compensar a bela sonoridade do original: "akhán aion polystonon goon".

[13] Com "desmarido", busquei manter algo da estranheza do raro vocábulo composto κακόνυμφον, literalmente, "maumarido".

[14] Eurípides alude ao estreito de Bósforo, na Trácia. Medeia conduziu Jasão a partir do mar Negro, chegando a Iolco depois de ultrapassarem o estreito.

ὅστις πρὶν ἀνδρὸς σπλάγχνον ἐκμαθεῖν σαφῶς 220
στυγεῖ δεδορκώς, οὐδὲν ἠδικημένος.
χρὴ δὲ ξένον μὲν κάρτα προσχωρεῖν πόλει·
οὐδ' ἀστὸν ᾔνεσ' ὅστις αὐθάδης γεγὼς
πικρὸς πολίταις ἐστὶν ἀμαθίας ὕπο.
ἐμοὶ δ' ἄελπτον πρᾶγμα προσπεσὸν τόδε 225
ψυχὴν διέφθαρκ'· οἴχομαι δὲ καὶ βίου
χάριν μεθεῖσα κατθανεῖν χρῄζω, φίλαι.
ἐν ᾧ γὰρ ἦν μοι πάντα, γιγνώσκει καλῶς,
κάκιστος ἀνδρῶν ἐκβέβηχ' οὑμὸς πόσις.
　　πάντων δ' ὅσ' ἔστ' ἔμψυχα καὶ γνώμην ἔχει 230
γυναῖκές ἐσμεν ἀθλιώτατον φυτόν·
ἃς πρῶτα μὲν δεῖ χρημάτων ὑπερβολῇ
πόσιν πρίασθαι, δεσπότην τε σώματος
λαβεῖν· κακοῦ γὰρ τοῦτ' ἔτ' ἄλγιον κακόν.
κἀν τῷδ' ἀγὼν μέγιστος, ἢ κακὸν λαβεῖν 235
ἢ χρηστόν. οὐ γὰρ εὐκλεεῖς ἀπαλλαγαὶ
γυναιξὶν, οὐδ' οἷόν τ' ἀνήνασθαι πόσιν.
ἐς καινὰ δ' ἤθη καὶ νόμους ἀφιγμένην
δεῖ μάντιν εἶναι, μὴ μαθοῦσαν οἴκοθεν,
ὅπως μάλιστα χρήσεται ξυνευνέτῃ. 240
κἂν μὲν τάδ' ἡμῖν ἐκπονουμέναισιν εὖ
πόσις ξυνοικῇ μὴ βίᾳ φέρων ζυγόν,
ζηλωτὸς αἰών· εἰ δὲ μή, θανεῖν χρεών.
ἀνὴρ δ', ὅταν τοῖς ἔνδον ἄχθηται ξυνών,
ἔξω μολὼν ἔπαυσε καρδίαν ἄσης· 245
[ἢ πρὸς φίλον τιν' ἢ πρὸς ἥλικα τραπείς·]

quando com ele topa, indiferente
se a dor terrível lhe rumina as vísceras.
Que a gentileza dê um norte ao êxule!
Desaprovo a arrogância do nativo,
grosseiro na abordagem de seus pares.
É inexato dizer que o fato abate-me:
minha ânima se anula, se me extingue
cáris — o brilho do viver. Que eu morra,
pois o ente até então primeiro e único,
tornou-se-me execrável: meu marido!
Entre os seres com psique e pensamento,
quem supera a mulher na triste vida?
Impõe-se-lhe a custosa aquisição
do esposo, proprietário desde então
de seu corpo — eis o opróbrio que mais dói!
E a crise do conflito: a escolha re-
cai no probo ou no torpe? À divorciada,[15]
a fama de rampeira; dizer *não!*
ao apetite másculo não nos
cabe. Na casa nova, somos mânticas
para intuir como servi-lo? Instruem-nos?
Se o duro estágio superamos, sem
tensão conosco o esposo leva o jugo
— quem não inveja? —, ou melhor morrer.
Quando a vida em família o entedia,
o homem encontra refrigério fora,
com amigo ou alguém de mesma idade.

---

[15] No século 5 a.C., permitia-se o divórcio à mulher, por má conduta do marido. Nesse contexto, ela retornava à casa paterna, o que não quer dizer que a prática fosse bem-vista.

ἡμῖν δ' ἀνάγκη πρὸς μίαν ψυχὴν βλέπειν.
λέγουσι δ' ἡμᾶς ὡς ἀκίνδυνον βίον
ζῶμεν κατ' οἴκους, οἱ δὲ μάρνανται δορί·
κακῶς φρονοῦντες· ὡς τρὶς ἂν παρ' ἀσπίδα   250
στῆναι θέλοιμ' ἂν μᾶλλον ἢ τεκεῖν ἅπαξ.
    ἀλλ' οὐ γὰρ αὑτὸς πρὸς σὲ κἄμ' ἥκει λόγος·
σοὶ μὲν πόλις θ' ἥδ' ἐστὶ καὶ πατρὸς δόμοι
βίου τ' ὄνησις καὶ φίλων συνουσία,
ἐγὼ δ' ἔρημος ἄπολις οὖσ' ὑβρίζομαι   255
πρὸς ἀνδρός, ἐκ γῆς βαρβάρου λελῃσμένη,
οὐ μητέρ', οὐκ ἀδελφόν, οὐχὶ συγγενῆ
μεθορμίσασθαι τῆσδ' ἔχουσα συμφορᾶς.
τοσοῦτον οὖν σου τυγχάνειν βουλήσομαι,
ἤν μοι πόρος τις μηχανή τ' ἐξευρεθῇ   260
πόσιν δίκην τῶνδ' ἀντιτείσασθαι κακῶν,
[τὸν δόντα τ' αὐτῷ θυγατέρ' ἥν τ' ἐγήματο,]
σιγᾶν. γυνὴ γὰρ τἄλλα μὲν φόβου πλέα
κακή τ' ἐς ἀλκὴν καὶ σίδηρον εἰσορᾶν·
ὅταν δ' ἐς εὐνὴν ἠδικημένη κυρῇ,   265
οὐκ ἔστιν ἄλλη φρὴν μιαιφονωτέρα.

ΧΟΡΟΣ
δράσω τάδ'· ἐνδίκως γὰρ ἐκτείσῃ πόσιν,
Μήδεια. πενθεῖν δ' οὔ σε θαυμάζω τύχας.
ὁρῶ δὲ καὶ Κρέοντα, τῆσδ' ἄνακτα γῆς,
στείχοντα, καινῶν ἄγγελον βουλευμάτων.   270

A nós, a fixação numa só alma.
"Levais a vida sem percalço em casa"
(dizem), "a lança os põe em risco." Equívoco
de raciocínio! Empunhar a égide 250
dói muito menos que gerar um filho.
Sei bem que nossas sendas não confluem:
dispões de pólis, elos de amizade,
lar paternal, desfrutes na vivência;
quanto a mim, só, butim em solo bárbaro, 255
sem urbe, rebaixada por Jasão,
sem mãe, sem um parente, sem... que a âncora
soerga longe deste pesadelo![16]
Assim resumo o meu pedido: se eu
achar um meio de cobrar o esposo 260
por ser tão inescrupuloso e o rei
que lhe entregou a filha, silencia!
Mulher é amedrontável, ruim de pugna,
não suporta a visão da lança lúgubre,
mas se maculam a honra em sua cama, 265
não há quem lhe supere a sanha rubra.

CORO
É justo que pretenda se vingar
do esposo. Não estranho que lamente
o destino. Creon já se aproxima
a fim de pronunciar o novo edito. 270

   [O rei Creon entra em cena]

---
   [16] As imagens que associam Medeia ao mar são recorrentes na peça: vv. 28-9, 79, 279, 362-3, 442, 523-5, 769-70, 939.

ΚΡΕΩΝ

σὲ τὴν σκυθρωπὸν καὶ πόσει θυμουμένην,
Μήδει', ἀνεῖπον τῆσδε γῆς ἔξω περᾶν
φυγάδα, λαβοῦσαν δισσὰ σὺν σαυτῇ τέκνα,
καὶ μή τι μέλλειν· ὡς ἐγὼ βραβεὺς λόγου
τοῦδ' εἰμί, κοὐκ ἄπειμι πρὸς δόμους πάλιν, 275
πρὶν ἄν σε γαίας τερμόνων ἔξω βάλω.

ΜΗΔΕΙΑ

αἰαῖ· πανώλης ἡ τάλαιν' ἀπόλλυμαι.
ἐχθροὶ γὰρ ἐξιᾶσι πάντα δὴ κάλων,
κοὐκ ἔστιν ἄτης εὐπρόσοιστος ἔκβασις.
ἐρήσομαι δὲ καὶ κακῶς πάσχουσ' ὅμως· 280
τίνος μ' ἕκατι γῆς ἀποστέλλεις, Κρέον;

ΚΡΕΩΝ

δέδοικά σ', οὐδὲν δεῖ παραμπίσχειν λόγους,
μή μοί τι δράσῃς παῖδ' ἀνήκεστον κακόν.
συμβάλλεται δὲ πολλὰ τοῦδε δείματος·
σοφὴ πέφυκας καὶ κακῶν πολλῶν ἴδρις, 285
λυπῇ δὲ λέκτρων ἀνδρὸς ἐστερημένη.
κλύω δ' ἀπειλεῖν σ', ὡς ἀπαγγέλλουσί μοι,
τὸν δόντα καὶ γήμαντα καὶ γαμουμένην
δράσειν τι. ταῦτ' οὖν πρὶν παθεῖν φυλάξομαι.
κρεῖσσον δέ μοι νῦν πρὸς σ' ἀπεχθέσθαι, γύναι, 290
ἢ μαλθακισθένθ' ὕστερον μέγα στένειν.

ΜΗΔΕΙΑ

φεῦ φεῦ.
οὐ νῦν με πρῶτον, ἀλλὰ πολλάκις, Κρέον,
ἔβλαψε δόξα μεγάλα τ' εἴργασται κακά.
χρὴ δ' οὔποθ' ὅστις ἀρτίφρων πέφυκ' ἀνὴρ

CREON

Teu rosto fosco, a raiva contra o esposo,
ordeno que os remova para longe,
sem esquecer a dupla que pariste!
Some daqui! O autor da lei sou eu
e só retorno ao paço quando passes275
o marco que demarca o meu reinado.

MEDEIA

Ó multidestrutiva destruição!
Inimigos soerguem velas pandas;
rada não há que livre-me do escolho!
Embora atônita, posso indagar280
o rei sobre o motivo da expulsão?

CREON

Temo o dano — por que falsear palavras? —
que impingirás — quem sabe? — em minha filha.
Motivos não me faltam para o medo:
sabes como arruinar alguém (és bem-285
-dotada de nascença), o leito estéril
de homem te abate. Ameaças noivo e noiva,
além de mim, segundo ouvi dizer.
Desejo antecipar-me ao sofrimento.
Mais vale sujeitar-me à tua repulsa290
agora a transigir e então chorar.

MEDEIA

Ai!
Não é a primeira vez que a *doxa*, o diz-
-que-diz anônimo, Creon, me arruína.
Quem tem bom senso evite se esmerar295

παῖδας περισσῶς ἐκδιδάσκεσθαι σοφούς· 295
χωρὶς γὰρ ἄλλης ἧς ἔχουσιν ἀργίας
φθόνον πρὸς ἀστῶν ἀλφάνουσι δυσμενῆ.
σκαιοῖσι μὲν γὰρ καινὰ προσφέρων σοφὰ
δόξεις ἀχρεῖος κοὐ σοφὸς πεφυκέναι·
τῶν δ' αὖ δοκούντων εἰδέναι τι ποικίλον 300
κρείσσων νομισθεὶς ἐν πόλει λυπρὸς φανῇ.
ἐγὼ δὲ καὐτὴ τῆσδε κοινωνῶ τύχης.
σοφὴ γὰρ οὖσα, τοῖς μέν εἰμ' ἐπίφθονος,
[τοῖς δ' ἡσυχαία, τοῖς δὲ θατέρου τρόπου,]
τοῖς δ' αὖ προσάντης· εἰμὶ δ' οὐκ ἄγαν σοφή. 305
σὺ δ' οὖν φοβῇ με, μὴ τί πλημμελὲς πάθῃς;
οὐχ ὧδ' ἔχει μοι, μὴ τρέσῃς ἡμᾶς, Κρέον,
ὥστ' ἐς τυράννους ἄνδρας ἐξαμαρτάνειν.
σὺ γὰρ τί μ' ἠδίκηκας; ἐξέδου κόρην
ὅτῳ σε θυμὸς ἦγεν. ἀλλ' ἐμὸν πόσιν 310
μισῶ· σὺ δ', οἶμαι, σωφρονῶν ἔδρας τάδε.
καὶ νῦν τὸ μὲν σὸν οὐ φθονῶ καλῶς ἔχειν·
νυμφεύετ', εὖ πράσσοιτε· τήνδε δὲ χθόνα
ἐᾶτέ μ' οἰκεῖν. καὶ γὰρ ἠδικημένοι
σιγησόμεσθα, κρεισσόνων νικώμενοι. 315

ΚΡΕΩΝ
λέγεις ἀκοῦσαι μαλθάκ', ἀλλ' ἔσω φρενῶν
ὀρρωδία μοι μή τι βουλεύσῃς κακόν·

na educação dos filhos: hipersábios,
não passam de volúveis aos malévolos
moradores da urbe, que os maculam.
Se introduzes o novo entre os cabeças-
-ocas, parecerás um diletante, 300
não um sábio. Se acima te colocam
de quem julgam ter cabedal na ciência,
te encrencas. Desse azar também padeço.
Saber tenho de sobra e inveja alheia
há quem me louve a fleugma, há quem critique, 305
desdém também. Te atemorizo? Longe
de mim ser dona de um saber assim.[17]
Que condição teria para agir
contra quem reina? Deixa disso! Não
foste injusto ao ceder a filha a quem 310
querias. Eu desdenho meu marido,
mas agiste por bem. Não ambiciono
tua prosperidade. Bom proveito
com as bodas, mas não me exiles! Mesmo
por baixo, calo, pois me vence um forte. 315

CREON
Tua fala é um bálsamo, mas me amedronta
que acalentes no peito planos torpes.

---

[17] No original, como nota Mastronarde, ocorre a "estrutura retórica denominada κύκλος" ("círculo"), período iniciado (303) e concluído (305) com a mesma palavra (σοφή, "sábia"), que mantive na forma de quiasmo. A associação entre a protagonista e o universo da "sabedoria" é notável na peça, como se pode verificar nos seguintes versos: 14, 190, 295, 320, 384-5, 393, 485, 522-75, 539-40, 583, 665, 675, 677, 827-8, 866-975. A raiz σοφ- ("saber") aparece 23 vezes no drama.

τοσῷδε δ' ἧσσον ἢ πάρος πέποιθά σοι·
γυνὴ γὰρ ὀξύθυμος, ὡς δ' αὔτως ἀνήρ,
ῥᾴων φυλάσσειν ἢ σιωπηλὸς σοφός. 320
ἀλλ' ἔξιθ' ὡς τάχιστα, μὴ λόγους λέγε·
ὡς ταῦτ' ἄραρε κοὐκ ἔχεις τέχνην ὅπως
μενεῖς παρ' ἡμῖν οὖσα δυσμενὴς ἐμοί.

ΜΗΔΕΙΑ
μή, πρός σε γονάτων τῆς τε νεογάμου κόρης.

ΚΡΕΩΝ
λόγους ἀναλοῖς· οὐ γὰρ ἂν πείσαις ποτέ. 325

ΜΗΔΕΙΑ
ἀλλ' ἐξελᾷς με κοὐδὲν αἰδέσῃ λιτάς;

ΚΡΕΩΝ
φιλῶ γὰρ οὐ σὲ μᾶλλον ἢ δόμους ἐμούς.

ΜΗΔΕΙΑ
ὦ πατρίς, ὥς σου κάρτα νῦν μνείαν ἔχω.

ΚΡΕΩΝ
πλὴν γὰρ τέκνων ἔμοιγε φίλτατον πολύ.

ΜΗΔΕΙΑ
φεῦ φεῦ, βροτοῖς ἔρωτες ὡς κακὸν μέγα. 330

ΚΡΕΩΝ
ὅπως ἄν, οἶμαι, καὶ παραστῶσιν τύχαι.

Soçobra a fé que tive em ti: o sábio
silente é menos policiável que a
ou que o irritadiço. Aperta o passo
na retirada, guarda a língua lábil!
Ponto final! Tua engenhosidade
não muda nada. Assume o ódio e some!

MEDEIA
Deixa que eu fique, pela nova esposa!

CREON
Tua verve não reverte o que eu decido.

MEDEIA
Banir-me sem me respeitar as súplicas?

CREON
Privilegio o lar em teu lugar.

MEDEIA
Ó pátria, impõe-se-me rememorá-la!

CREON
À urbe só anteponho os descendentes.

MEDEIA
Para os mortais o amor é um enorme mal.

CREON
Concordo que assim seja eventualmente.

ΜΗΔΕΙΑ
Ζεῦ, μὴ λάθοι σε τῶνδ' ὃς αἴτιος κακῶν.

ΚΡΕΩΝ
ἕρπ', ὦ ματαία, καί μ' ἀπάλλαξον πόνων.

ΜΗΔΕΙΑ
πονοῦμεν ἡμεῖς κοὐ πόνων κεχρήμεθα.

ΚΡΕΩΝ
τάχ' ἐξ ὀπαδῶν χειρὸς ὠσθήσῃ βίᾳ.   335

ΜΗΔΕΙΑ
μὴ δῆτα τοῦτό γ', ἀλλά σ' αἰτοῦμαι, Κρέον.

ΚΡΕΩΝ
ὄχλον παρέξεις, ὡς ἔοικας, ὦ γύναι.

ΜΗΔΕΙΑ
φευξούμεθ'· οὐ τοῦθ' ἱκέτευσα σοῦ τυχεῖν.

ΚΡΕΩΝ
τί δ' αὖ βιάζῃ κοὐκ ἀπαλλάσσῃ χθονός;

ΜΗΔΕΙΑ
μίαν με μεῖναι τήνδ' ἔασον ἡμέραν   340
καὶ ξυμπερᾶναι φροντίδ' ᾗ φευξούμεθα,
παισίν τ' ἀφορμὴν τοῖς ἐμοῖς, ἐπεὶ πατὴρ
οὐδὲν προτιμᾷ μηχανήσασθαι τέκνοις.
οἴκτιρε δ' αὐτούς· καὶ σύ τοι παίδων πατὴρ
πέφυκας· εἰκὸς δ' ἐστὶν εὔνοιάν σ' ἔχειν.   345

MEDEIA
Não passe em branco, Zeus, o autor dos males.

CREON
Some e desanuvia o meu espírito!

MEDEIA
Quem sofre mais? Sobeja o sofrimento!

CREON
Meus fâmulos te expulsarão em breve. 335

MEDEIA
Sê susceptível, rei, ao meu pedido!

CREON
Parece que ofereces resistência.

MEDEIA
Me exilo, mesmo assim eu te suplico.

CREON
Mas por que não te ausentas e ainda insistes?

MEDEIA
Deixa que eu permaneça um dia só, 340
a fim de organizar minha partida
e achar um jeito de manter meus filhos,
que Jasão, pai indigno, deixa à míngua.
A condição de pai também te obriga
a seres susceptível. Tem piedade! 345

τούμοῦ γὰρ οὔ μοι φροντίς, εἰ φευξούμεθα,
κείνους δὲ κλαίω συμφορᾷ κεχρημένους.

ΚΡΕΩΝ

ἥκιστα τούμὸν λῆμ' ἔφυ τυραννικόν,
αἰδούμενος δὲ πολλὰ δὴ διέφθορα·
καὶ νῦν ὁρῶ μὲν ἐξαμαρτάνων, γύναι, 350
ὅμως δὲ τεύξῃ τοῦδε· προυννέπω δέ σοι,
εἴ σ' ἡ 'πιοῦσα λαμπὰς ὄψεται θεοῦ
καὶ παῖδας ἐντὸς τῆσδε τερμόνων χθονός,
θανῇ· λέλεκται μῦθος ἀψευδὴς ὅδε.
νῦν δ', εἰ μένειν δεῖ, μίμν' ἐφ' ἡμέραν μίαν· 355
οὐ γάρ τι δράσεις δεινὸν ὧν φόβος μ' ἔχει.

ΧΟΡΟΣ

δύστανε γύναι,
φεῦ φεῦ, μελέα τῶν σῶν ἀχέων.
ποῖ ποτε τρέψῃ; τίνα πρὸς ξενίαν;
ἢ δόμον ἢ χθόνα σωτῆρα κακῶν; 360
[ἐξευρήσεις]
ὡς εἰς ἄπορόν σε κλύδωνα θεός,
Μήδεια, κακῶν ἐπόρευσε.

ΜΗΔΕΙΑ

κακῶς πέπρακται πανταχῇ· τίς ἀντερεῖ;
ἀλλ' οὔτι ταύτῃ ταῦτα, μὴ δοκεῖτέ, πω. 365
ἔτ' εἴσ' ἀγῶνες τοῖς νεωστὶ νυμφίοις
καὶ τοῖσι κηδεύσασιν οὐ σμικροὶ πόνοι.
δοκεῖς γὰρ ἄν με τόνδε θωπεῦσαί ποτε,
εἰ μή τι κερδαίνουσαν ἢ τεχνωμένην;
οὐδ' ἂν προσεῖπον οὐδ' ἂν ἡψάμην χεροῖν. 370

Não penso em minha agrura se me exilo,
mas choro a triste sina dos meninos.

CREON
Tiranizar não casa bem comigo
e da solicitude já fui vítima.
Algo me diz que me equivoco, mas,
com um porém, concedo o que me pedes:
se o próximo fulgor divino vir
rastro do que for teu aqui, faleces:
não creias que eu profira vacuidades.
Fica, mas fia que fixo um dia ao fim
do qual te vais. Não fazes mal nesse ínterim!

[Creon parte]

CORO
Triste senhora!
Tua dor, em que ela frutifica?
Aonde irás?
Algum país te acolhe?
Há domicílio que mitigue tua angústia?
Um deus te encabeça, Medeia,
à aporia de um pélago sinistro!

MEDEIA
Quem nega a prevalência da maldade?
Mas que assim seja não é certo ainda.
Do embate, os neocasados não escapam,
e o sogro, da mais grave pena. Nunca
bajularia o rei, não fora o que
arquiteto, tampouco minhas mãos
o tocariam. Quando postergou

ὁ δ' ἐς τοσοῦτον μωρίας ἀφίκετο,
ὥστ', ἐξὸν αὐτῷ τἄμ' ἑλεῖν βουλεύματα
γῆς ἐκβαλόντι, τήνδ' ἐφῆκεν ἡμέραν
μεῖναί μ', ἐν ᾗ τρεῖς τῶν ἐμῶν ἐχθρῶν νεκροὺς
θήσω, πατέρα τε καὶ κόρην πόσιν τ' ἐμόν. 375
πολλὰς δ' ἔχουσα θανασίμους αὐτοῖς ὁδούς,
οὐκ οἶδ' ὁποίᾳ πρῶτον ἐγχειρῶ, φίλαι·
πότερον ὑφάψω δῶμα νυμφικὸν πυρί,
ἢ θηκτὸν ὤσω φάσγανον δι' ἥπατος,
σιγῇ δόμους ἐσβᾶσ', ἵν' ἔστρωται λέχος. 380
ἀλλ' ἕν τί μοι πρόσαντες· εἰ ληφθήσομαι
δόμους ὑπερβαίνουσα καὶ τεχνωμένη,
θανοῦσα θήσω τοῖς ἐμοῖς ἐχθροῖς γέλων.
κράτιστα τὴν εὐθεῖαν, ᾗ πεφύκαμεν
σοφαὶ μάλιστα, φαρμάκοις αὐτοὺς ἑλεῖν. 385
εἶέν·
καὶ δὴ τεθνᾶσι· τίς με δέξεται πόλις;
τίς γῆν ἄσυλον καὶ δόμους ἐχεγγύους
ξένος παρασχὼν ῥύσεται τοὐμὸν δέμας;
οὐκ ἔστι. μείνασ' οὖν ἔτι σμικρὸν χρόνον,
ἢν μέν τις ἡμῖν πύργος ἀσφαλὴς φανῇ, 390
δόλῳ μέτειμι τόνδε καὶ σιγῇ φόνον·
ἢν δ' ἐξελαύνῃ ξυμφορά μ' ἀμήχανος,
αὐτὴ ξίφος λαβοῦσα, κεἰ μέλλω θανεῖν,
κτενῶ σφε, τόλμης δ' εἶμι πρὸς τὸ καρτερόν.
οὐ γὰρ μὰ τὴν δέσποιναν ἣν ἐγὼ σέβω 395
μάλιστα πάντων καὶ ξυνεργὸν εἱλόμην,

minha expulsão, Creon chegou ao cume
da estupidez: perdeu a chance única
de inviabilizar o que eu vislumbro.
Hei de fazer do pai, marido e filha
uma trinca sinistra, pois domino 375
imenso rol de vias morticidas,
embora ignore por onde começo:
meto fogo no ninho conjugal,
enfio-lhes a lâmina no fígado,
em passos silenciosos pela câmara? 380
Há um senão: se me pegarem paço
adentro, maturando meu projeto,
a corja ri de mim, sem vida. A via
mais eficiente, para a qual nasci
sabendo, é capturá-los com veneno. 385
Assim será!
Após chacina, que urbe me recebe?
Que forasteiro me abrirá seu paço,
zeloso de que o corpo nada sofra?
Não há! Darei um tempo para ver
se um torreão se me apresenta incólume, 390
e perpetro a matança quietamente.
Presa do imponderável, mão na espada,
num rasgo de coragem, matarei
a corja à bruta, mesmo se morrer.
Por Hécate,[18] primaz em minhas súplicas, 395
a deia que tomei por sócia no âmago

---

[18] Divindade menor, ligada a ambientes de passagem e ao universo dos mortos, igualmente à magia. No segundo idílio, Teócrito relaciona-a a Circe e Medeia.

Ἑκάτην, μυχοῖς ναίουσαν ἑστίας ἐμῆς,
χαίρων τις αὐτῶν τοὐμὸν ἀλγυνεῖ κέαρ.
πικροὺς δ' ἐγώ σφιν καὶ λυγροὺς θήσω γάμους,
πικρὸν δὲ κῆδος καὶ φυγὰς ἐμὰς χθονός. 400
ἀλλ' εἶα· φείδου μηδὲν ὧν ἐπίστασαι,
Μήδεια, βουλεύουσα καὶ τεχνωμένη·
ἕρπ' ἐς τὸ δεινόν· νῦν ἀγὼν εὐψυχίας.
ὁρᾷς ἃ πάσχεις· οὐ γέλωτα δεῖ σ' ὀφλεῖν
τοῖς Σισυφείοις τοῖσδ' Ἰάσονος γάμοις, 405
γεγῶσαν ἐσθλοῦ πατρὸς Ἡλίου τ' ἄπο.
ἐπίστασαι δέ· πρὸς δὲ καὶ πεφύκαμεν
γυναῖκες, ἐς μὲν ἔσθλ' ἀμηχανώταται,
κακῶν δὲ πάντων τέκτονες σοφώταται.

ΧΟΡΟΣ
ἄνω ποταμῶν ἱερῶν χωροῦσι παγαί, Estr. 1 410
καὶ δίκα καὶ πάντα πάλιν στρέφεται.
ἀνδράσι μὲν δόλιαι βουλαί, θεῶν δ'
οὐκέτι πίστις ἄραρε·
τὰν δ' ἐμὰν εὔκλειαν ἔχειν βιοτὰν στρέψουσι φᾶμαι· 415
ἔρχεται τιμὰ γυναικείῳ γένει·
οὐκέτι δυσκέλαδος φάμα γυναῖκας ἕξει. 420

μοῦσαι δὲ παλαιγενέων λήξουσ' ἀοιδῶν Ant. 1
τὰν ἐμὰν ὑμνεῦσαι ἀπιστοσύναν.
οὐ γὰρ ἐν ἁμετέρᾳ γνώμᾳ λύρας
ὤπασε θέσπιν ἀοιδὰν 425
Φοῖβος, ἁγήτωρ μελέων· ἐπεὶ ἀντάχησ' ἂν ὕμνον

do meu solar, por quem crepita a chispa,
ninguém me faz chorar impunemente!
Amargas e funestas suas núpcias,
amarga aliança, amargo o meu desterro!
Não deixes pelo meio teus projetos,
Medeia! Nada te demova! Medra o ardor,
se impera o destemor! Conheces bem
tua situação. As núpcias de Jasão
trarão a ti mofina mofa. De Hélios
solar descendes e de um pai magnífico.
Tens ciência; ademais, a raça fêmea
ignora como haurir algo elevado,
sábia quando edifica o horror do fado.[19]

CORO[20]
Reflui à fonte o flúmen dos numes,   Estr. 1
e o justo e tudo de roldão regride.
No mundo o dolo se avoluma,
declina o empenho pelos deuses;
mas há de me afamar o câmbio da fama:
honor se direciona à estirpe fêmea;
infâmia não mais afetará as fêmeas.

Musas de aedos imêmores   Ant. 1
calarão hinos do meu acinte:
Apolo, ás em melodias,
não outorgou à mente feminina
o eterno modular da lira,

---

[19] Acerca dessa rima no original, ver posfácio, pp. 164-5.
[20] Sobre diferentes sentidos dessa fala, ver posfácio, pp. 166-7.

ἀρσένων γέννᾳ. μακρὸς δ' αἰὼν ἔχει
πολλὰ μὲν ἁμετέραν ἀνδρῶν τε μοῖραν εἰπεῖν. 430

σὺ δ' ἐκ μὲν οἴκων πατρίων ἔπλευσας Estr. 2
μαινομένᾳ κραδίᾳ, διδύμους ὁρίσασα πόντου
πέτρας· ἐπὶ δὲ ξένᾳ
ναίεις χθονί, τᾶς ἀνάνδρου 435
κοίτας ὀλέσασα λέκτρον,
τάλαινα, φυγὰς δὲ χώρας
  ἄτιμος ἐλαύνῃ.

βέβακε δ' ὅρκων χάρις, οὐδ' ἔτ' αἰδὼς Ant. 2
Ἑλλάδι τᾷ μεγάλᾳ μένει, αἰθερία δ' ἀνέπτα. 440
σοὶ δ' οὔτε πατρὸς δόμοι,
δύστανε, μεθορμίσασθαι
μόχθων πάρα, σῶν τε λέκτρων
ἄλλα βασίλεια κρείσσων
  δόμοισιν ἐπέστα. 445

ΙΑΣΩΝ
οὐ νῦν κατεῖδον πρῶτον ἀλλὰ πολλάκις
τραχεῖαν ὀργὴν ὡς ἀμήχανον κακόν.
σοὶ γὰρ παρὸν γῆν τήνδε καὶ δόμους ἔχειν
κούφως φερούσῃ κρεισσόνων βουλεύματα,
λόγων ματαίων οὕνεκ' ἐκπεσῇ χθονός. 450

ou a rapidez de meu contra-hino
replicaria à estirpe máscula.
Nímio, o tempo aflora em narrativas
sobre a moira dos homens, sobre a nossa. 430

Mente demente em meio a ôndulas,   Estr. 2
refugaste o solar que remonta ao Sol,
cruzando pedras gêmeas além-Bósforo. 435
Habitas paragens alienígenas,
cama em vacância, infeliz, expelida
sem honra e sem rincão de origem.

A jura se esvai com sua graça;   Ant. 2
entremeado ao éter,[21] 440
o pudor não perdura na magna Hélade.
Sem lar paterno onde ancore a dor,
pífia,
outra mulher, uma princesa, tálamo teu acima,
impera na moradia. 445

   [Chega Jasão]

JASÃO
De há muito eu sei que é um mal sem cura a incúria
da fúria. Preservaras moradia
e *status quo*, submissa ao que os mais fortes
sentenciavam. Tua fala verborrágica
é a única culpada pelo exílio. 450

---

[21] Aristófanes parodia esta expressão no verso 1.352 das *Rãs*.

κἀμοὶ μὲν οὐδὲν πρᾶγμα· μὴ παύσῃ ποτὲ
λέγουσ' 'Ιάσον' ὡς κάκιστός ἐστ' ἀνήρ·
ἃ δ' ἐς τυράννους ἐστί σοι λελεγμένα,
πᾶν κέρδος ἡγοῦ ζημιουμένη φυγῇ.
κἀγὼ μὲν αἰεὶ βασιλέων θυμουμένων   455
ὀργὰς ἀφῄρουν καί σ' ἐβουλόμην μένειν·
σὺ δ' οὐκ ἀνίεις μωρίας, λέγουσ' ἀεὶ
κακῶς τυράννους· τοιγὰρ ἐκπεσῇ χθονός.
ὅμως δὲ κἀκ τῶνδ' οὐκ ἀπειρηκὼς φίλοις
ἥκω, τὸ σὸν δὲ προσκοπούμενος, γύναι,   460
ὡς μήτ' ἀχρήμων σὺν τέκνοισιν ἐκπέσῃς
μήτ' ἐνδεής του· πόλλ' ἐφέλκεται φυγὴ
κακὰ ξὺν αὑτῇ. καὶ γὰρ εἰ σύ με στυγεῖς,
οὐκ ἂν δυναίμην σοὶ κακῶς φρονεῖν ποτε.

ΜΗΔΕΙΑ
ὦ παγκάκιστε, τοῦτο γάρ σ' εἰπεῖν ἔχω   465
γλώσσῃ μέγιστον εἰς ἀνανδρίαν κακόν·
ἦλθες πρὸς ἡμᾶς, ἦλθες ἔχθιστος γεγώς;
[θεοῖς τε κἀμοὶ παντί τ' ἀνθρώπων γένει;]
οὔτοι θράσος τόδ' ἐστὶν οὐδ' εὐτολμία,
φίλους κακῶς δράσαντ' ἐναντίον βλέπειν,   470
ἀλλ' ἡ μεγίστη τῶν ἐν ἀνθρώποις νόσων
πασῶν, ἀναίδει'· εὖ δ' ἐποίησας μολών·
ἐγώ τε γὰρ λέξασα κουφισθήσομαι
ψυχὴν κακῶς σε καὶ σὺ λυπήσῃ κλύων.
ἐκ τῶν δὲ πρώτων πρῶτον ἄρξομαι λέγειν.   475
ἔσῳσά σ', ὡς ἴσασιν Ἑλλήνων ὅσοι

Não perco o sono se repisas que eu
sou o pior dos piores, mas acaso
crês no próprio sucesso se degradas
os tiranos que em breve te degredam?[22]
Eu tentava amainar a ira régia, 455
sonhando com a tua permanência,
mas destilavas fel contrária a quem
domina a pólis: eis por que te exilam!
Não é da minha índole negar
os meus, por isso vim preocupadíssimo, 460
a fim de que não vás com os meninos
com uma mão na frente e outra atrás:
o desterro carreia agror. Me odeias,
mas a recíproca não é verídica.

MEDEIA
Avesso do homem, sórdido dos sórdidos! — 465
eis como minha língua te fustiga.
Inimigo do deus, de mim, dos homens,
tens o topete de falar comigo?
Longe de ser um rasgo de bravura,
olhar de frente amigos que arruinou 470
é a pior moléstia que acomete alguém:
a canalhice! Calha a tua vinda,
pois lavarei a ânima cuspindo
palavras chãs que irão te constranger.
Pelas primícias principio: quem 475
salvou tua vida, os gregos sabem, todos

---

[22] Com "degradas... degredam", busquei compensar o jogo sonoro das seguintes palavras, localizadas em posição equivalente no original: "thymu*menon*... ebul*omen menein*".

ταὐτὸν συνεισέβησαν Ἀργῷον σκάφος,
πεμφθέντα ταύρων πυρπνόων ἐπιστάτην
ζεύγλῃσι καὶ σπεροῦντα θανάσιμον γύην·
δράκοντά θ', ὃς πάγχρυσον ἀμπέχων δέρας 480
σπείραις ἔσῳζε πολυπλόκοις ἄυπνος ὤν,
κτείνασ' ἀνέσχον σοὶ φάος σωτήριον.
αὐτὴ δὲ πατέρα καὶ δόμους προδοῦσ' ἐμοὺς
τὴν Πηλιῶτιν εἰς Ἰωλκὸν ἱκόμην
σὺν σοί, πρόθυμος μᾶλλον ἢ σοφωτέρα· 485
Πελίαν τ' ἀπέκτειν', ὥσπερ ἄλγιστον θανεῖν,
παίδων ὕπ' αὐτοῦ, πάντα τ' ἐξεῖλον φόβον.
καὶ ταῦθ' ὑφ' ἡμῶν, ὦ κάκιστ' ἀνδρῶν, παθὼν
προύδωκας ἡμᾶς, καινὰ δ' ἐκτήσω λέχη
παίδων γεγώτων· εἰ γὰρ ἦσθ' ἄπαις ἔτι, 490
συγγνώστ' ἂν ἦν σοι τοῦδ' ἐρασθῆναι λέχους.
ὅρκων δὲ φρούδη πίστις, οὐδ' ἔχω μαθεῖν
εἰ θεοὺς νομίζεις τοὺς τότ' οὐκ ἄρχειν ἔτι,
ἢ καινὰ κεῖσθαι θέσμι' ἀνθρώποις τὰ νῦν,
ἐπεὶ σύνοισθά γ' εἰς ἔμ' οὐκ εὔορκος ὤν. 495
 φεῦ δεξιὰ χείρ, ἧς σὺ πόλλ' ἐλαμβάνου,
καὶ τῶνδε γονάτων, ὡς μάτην κεχρῴσμεθα
κακοῦ πρὸς ἀνδρός, ἐλπίδων δ' ἡμάρτομεν.
 ἄγ'· ὡς φίλῳ γὰρ ὄντι σοι κοινώσομαι·
δοκοῦσα μὲν τί πρός γε σοῦ πράξειν καλῶς; 500

os nautas de Argo, quando em touros fogo-
-arfantes impuseste o jugo, quando
semeaste o campo que abrigava a morte.
E a serpente-vigia que abraçava 480
com a rosca de anéis o velo de ouro
assassinei, e fiz jorrar a luz.[23]
Traí morada e pai ao vir contigo
a Iolco, no sopé de Pélio. A azáfama
obnubilou-me a sensatez na vinda. 485
Matadora de Pélias[24] crudelíssima
(servi-me de suas filhas), destruí
sua casa. Homúnculo, me pagas como?
Enganando-me ao leito ainda virgem,
depois que procriei! Aceito a hipótese 490
do amor por outra, quando não é pai.
Juras não valem, dás a impressão
de achar que os deuses não têm mais poder
ou que os mortais adotam leis inéditas,
ao assumires tua infidelidade. 495
Eis minha mão, que tanto acariciavas!
Joelhos meus, quantas vezes o farsante
vos afagou, mentindo-me esperanças!
Que tipo de diálogo teríamos,
qual foras companheiro a mim solícito? 500

---

[23] Alusão à expedição dos argonautas, mais especificamente às provas que Jasão deveria superar para obter o velo de ouro: subjugar dois touros que resfolegavam fogo; arar o campo semeado com dentes de um dragao; matar o dragão que resguardava o velo, feito que Jasão realiza depois de Medeia adormecer o monstro.

[24] Como em outras passagens onde há essa menção, trata-se da mutilação de Pélias, praticada por suas filhas, convencidas por Medeia de que estariam perpetrando um rito de imortalidade.

ὅμως δ'· ἐρωτηθεὶς γὰρ αἰσχίων φανῇ·
νῦν ποῖ τράπωμαι; πότερα πρὸς πατρὸς δόμους,
οὓς σοὶ προδοῦσα καὶ πάτραν ἀφικόμην;
ἢ πρὸς ταλαίνας Πελιάδας; καλῶς γ' ἂν οὖν
δέξαιντό μ' οἴκοις ὧν πατέρα κατέκτανον.   505
ἔχει γὰρ οὕτω· τοῖς μὲν οἴκοθεν φίλοις
ἐχθρὰ καθέστηχ', οὓς δέ μ' οὐκ ἐχρῆν κακῶς
δρᾶν, σοὶ χάριν φέρουσα πολεμίους ἔχω.
τοιγάρ με πολλαῖς μακαρίαν Ἑλληνίδων
ἔθηκας ἀντὶ τῶνδε· θαυμαστὸν δέ σε   510
ἔχω πόσιν καὶ πιστὸν ἡ τάλαιν' ἐγώ,
εἰ φεύξομαί γε γαῖαν ἐκβεβλημένη,
φίλων ἔρημος, σὺν τέκνοις μόνη μόνοις,
καλόν γ' ὄνειδος τῷ νεωστὶ νυμφίῳ,
πτωχοὺς ἀλᾶσθαι παῖδας ἥ τ' ἔσῳσά σε.   515
  ὦ Ζεῦ, τί δὴ χρυσοῦ μὲν ὃς κίβδηλος ᾖ
τεκμήρι' ἀνθρώποισιν ὤπασας σαφῆ,
ἀνδρῶν δ' ὅτῳ χρὴ τὸν κακὸν διειδέναι,
οὐδεὶς χαρακτὴρ ἐμπέφυκε σώματι;

ΧΟΡΟΣ
δεινή τις ὀργὴ καὶ δυσίατος πέλει,   520
ὅταν φίλοι φίλοισι συμβάλωσ' ἔριν.

ΙΑΣΩΝ
δεῖ μ', ὡς ἔοικε, μὴ κακὸν φῦναι λέγειν,
ἀλλ' ὥστε ναὸς κεδνὸν οἰακοστρόφον
ἄκροισι λαίφους κρασπέδοις ὑπεκδραμεῖν

A vilania avulta na conversa.
Que rumo hei de tomar? O da morada
paterna que traí, tal qual a pátria?
E as míseras pelíades me abririam
a porta, a mim, algoz cruel do pai?   505
Não ignoro que em casa me detesta
quem mais amo. Só tem por mim rancor
quem, para te agradar, prejudiquei.
Ganhei o quê? A boa aventurança,
na opinião corrente entre as helênicas.   510
Infeliz, que marido fiel, notável,
a mim foi dado ter, se me exilarem
só, com meus filhos sós, vazia de amigos...
Que glória para o neocasado: filhos
à míngua... e eu que te salvei! Ó Zeus,   515
por que ensinar a reconhecer o falso
ouro e não demarcar o corpo do homem
sórdido com sinal bastante fundo
que o denuncie assim que vem ao mundo?[25]

CORO
O horror da raiva é sem remédio, se *éris*,   520
a desavença, arroja-se entre amigos.

JASÃO
Parece que não devo descuidar
de minha fala, mas, nauta habilíssimo,
com borduras recoltas do velame,[26]

---
[25] Teógnis (vv. 119 ss.) também explora a comparação.

[26] Como o navegador hábil, que recolhe as velas frente à tempestade, Jasão afirma ser necessário enfrentar as palavras de Medeia.

τὴν σὴν στόμαργον, ὦ γύναι, γλωσσαλγίαν. 525
ἐγὼ δ', ἐπειδὴ καὶ λίαν πυργοῖς χάριν,
Κύπριν νομίζω τῆς ἐμῆς ναυκληρίας
σώτειραν εἶναι θεῶν τε κἀνθρώπων μόνην.
σοὶ δ' ἔστι μὲν νοῦς λεπτός, ἀλλ' ἐπίφθονος
λόγος διελθεῖν, ὡς Ἔρως σ' ἠνάγκασε 530
τόξοις ἀφύκτοις τοὐμὸν ἐκσῶσαι δέμας.
ἀλλ' οὐκ ἀκριβῶς αὐτὸ θήσομαι λίαν·
ὅπῃ γὰρ οὖν ὤνησας, οὐ κακῶς ἔχει.
μείζω γε μέντοι τῆς ἐμῆς σωτηρίας
εἴληφας ἢ δέδωκας, ὡς ἐγὼ φράσω. 535
πρῶτον μὲν Ἑλλάδ' ἀντὶ βαρβάρου χθονὸς
γαῖαν κατοικεῖς καὶ δίκην ἐπίστασαι
νόμοις τε χρῆσθαι μὴ πρὸς ἰσχύος χάριν·
πάντες δέ σ' ᾔσθοντ' οὖσαν Ἕλληνες σοφὴν
καὶ δόξαν ἔσχες· εἰ δὲ γῆς ἐπ' ἐσχάτοις 540
ὅροισιν ᾤκεις, οὐκ ἂν ἦν λόγος σέθεν.
εἴη δ' ἔμοιγε μήτε χρυσὸς ἐν δόμοις
μήτ' Ὀρφέως κάλλιον ὑμνῆσαι μέλος,
εἰ μὴ 'πίσημος ἡ τύχη γένοιτό μοι.
 τοσαῦτα μέν σοι τῶν ἐμῶν πόνων πέρι 545
ἔλεξ'· ἅμιλλαν γὰρ σὺ προύθηκας λόγων.
ἃ δ' ἐς γάμους μοι βασιλικοὺς ὠνείδισας,
ἐν τῷδε δείξω πρῶτα μὲν σοφὸς γεγώς,
ἔπειτα σώφρων, εἶτά σοι μέγας φίλος

fugir do palavrório de tua língua 525
falaz.²⁷ Afirmo alto e bom som: se o barco
não naufragou, foi por querer de Cípris.
Chega de autolouvor! Foi Afrodite!²⁸
És sutil, mas te irrita o fato de Eros,
por meio de seus dardos indesviáveis, 530
ter te forçado a me salvar a pele.
Evitarei minúcias de somenos;
não desmereço teu pequeno auxílio,
mas não comparo ao que me deste o que eu,
salvando-me, te propiciei. Me explico: 535
teu logradouro é grego, não é bárbaro,
prescindes do uso cru da força bruta,
não ignoras justiça e normas. Gregos,
unânimes, aclamam: "Sapientíssima!".
Celebridade, alguém recordaria 540
teu nome em tua terra tão longínqua?
Não quero ouro em casa, nem cantar
hinários mais bonitos do que Orfeu,
se for para gozar a sina cinza.
Só me estendi no que sofri, porque 545
me instigaste ao debate. As núpcias régias,
alvo de teus reproches, delas trago
à discussão três pontos: que fui sábio,
que fui sóbrio, que me moveu o amor

---

²⁷ Procurei manter a redundância que, no original, decorre do emprego de duas palavras compostas com sentidos próximos: στόμαργον... γλωσσαλγίαν; στόμα = boca; γλωσσα = língua. Literalmente: "tua descontrolada e incessante língua inconsequente".

²⁸ A paixão de Medeia, despertada por Afrodite, a teria levado a salvar Jasão.

καὶ παισὶ τοῖς ἐμοῖσιν· ἀλλ' ἔχ' ἥσυχος. 550
ἐπεὶ μετέστην δεῦρ' Ἰωλκίας χθονὸς
πολλὰς ἐφέλκων συμφορὰς ἀμηχάνους,
τί τοῦδ' ἂν εὕρημ' ηὗρον εὐτυχέστερον
ἢ παῖδα γῆμαι βασιλέως φυγὰς γεγώς;
οὐχ, ᾗ σὺ κνίζῃ, σὸν μὲν ἐχθαίρων λέχος, 555
καινῆς δὲ νύμφης ἱμέρῳ πεπληγμένος,
οὐδ' εἰς ἅμιλλαν πολύτεκνον σπουδὴν ἔχων·
ἅλις γὰρ οἱ γεγῶτες οὐδὲ μέμφομαι·
ἀλλ' ὡς, τὸ μὲν μέγιστον, οἰκοῖμεν καλῶς
καὶ μὴ σπανιζοίμεσθα, γιγνώσκων ὅτι 560
πένητα φεύγει πᾶς τις ἐκποδὼν φίλος,
παῖδας δὲ θρέψαιμ' ἀξίως δόμων ἐμῶν
σπείρας τ' ἀδελφοὺς τοῖσιν ἐκ σέθεν τέκνοις
ἐς ταὐτὸ θείην, καὶ ξυναρτήσας γένος
εὐδαιμονοῖμεν. σοί τε γὰρ παίδων τί δεῖ; 565
ἐμοί τε λύει τοῖσι μέλλουσιν τέκνοις
τὰ ζῶντ' ὀνῆσαι· μῶν βεβούλευμαι κακῶς;
οὐδ' ἂν σὺ φαίης, εἴ σε μὴ κνίζοι λέχος.
ἀλλ' ἐς τοσοῦτον ἥκεθ' ὥστ' ὀρθουμένης
εὐνῆς γυναῖκες πάντ' ἔχειν νομίζετε, 570
ἢν δ' αὖ γένηται ξυμφορά τις ἐς λέχος,
τὰ λῷστα καὶ κάλλιστα πολεμιώτατα
τίθεσθε. χρῆν γὰρ ἄλλοθέν ποθεν βροτοὺς
παῖδας τεκνοῦσθαι, θῆλυ δ' οὐκ εἶναι γένος·
χοὔτως ἂν οὐκ ἦν οὐδὲν ἀνθρώποις κακόν. 575

de mim para com meus. Não fiques fula! 550
Quando aportei aqui provindo de Iolco,
trazendo só percalços na bagagem,
que sonho poderia acalentar
senão casar com a princesa, um êxule?
Sensaboria em mim não despertava 555
o toro em que deitavas (nascedouro
de tua raiva), tampouco a noiva me
turbava, nem queria prole imensa,
mas — e isto é capital! — que ambos vivêramos
livres de humilhação, pois todos sabem 560
que até o amigo evita o homem pobre.[29]
Obstino-me em propiciar aos filhos
irmãos, reunir estirpes, congregar
as duas numa. Eis como prosperamos.
Por que precisas tanto de teus filhos? 565
A mim convém que os filhos do futuro
auxiliem os que hoje vivem. Erro?
Tua discordância se resume à cama.
A que ponto chegais, mulheres: credes
ter tudo se o casório vai de vento 570
em popa, e o belo e o conveniente nada
valem caso o deleite falte ao leito!
Pudéramos procriar diversamente
e preterir a raça das mulheres:
imune ao mal, o homem viveria![30] 575

---

[29] A mesma ideia aparece na *Electra* de Eurípides (v. 1.131).

[30] Note-se que igual número de versos está presente nessa fala de Jasão e na anterior, de Medeia, reflexo, talvez, da atividade dos tribunais da época, em que se concedia tempo idêntico (regulado pela clepsidra) às partes litigantes.

ΧΟΡΟΣ

Ἰᾶσον, εὖ μὲν τούσδ' ἐκόσμησας λόγους·
ὅμως δ' ἔμοιγε, κεἰ παρὰ γνώμην ἐρῶ,
δοκεῖς προδοὺς σὴν ἄλοχον οὐ δίκαια δρᾶν.

ΜΗΔΕΙΑ

ἦ πολλὰ πολλοῖς εἰμι διάφορος βροτῶν.
ἐμοὶ γὰρ ὅστις ἄδικος ὢν σοφὸς λέγειν 580
πέφυκε, πλείστην ζημίαν ὀφλισκάνει·
γλώσσῃ γὰρ αὐχῶν τἄδικ' εὖ περιστελεῖν,
τολμᾷ πανουργεῖν· ἔστι δ' οὐκ ἄγαν σοφός.
ὡς καὶ σὺ μή νυν εἰς ἔμ' εὐσχήμων γένῃ
λέγειν τε δεινός. ἓν γὰρ ἐκτενεῖ σ' ἔπος· 585
χρῆν σ', εἴπερ ἦσθα μὴ κακός, πείσαντά με
γαμεῖν γάμον τόνδ', ἀλλὰ μὴ σιγῇ φίλων.

ΙΑΣΩΝ

καλῶς γ' ἄν οὖν σὺ τῷδ' ὑπηρέτεις λόγῳ,
εἴ σοι γάμον κατεῖπον, ἥτις οὐδὲ νῦν
τολμᾷς μεθεῖναι καρδίας μέγαν χόλον. 590

ΜΗΔΕΙΑ

οὐ τοῦτό σ' εἶχεν, ἀλλὰ βάρβαρον λέχος
πρὸς γῆρας οὐκ εὔδοξον ἐξέβαινέ σοι.

ΙΑΣΩΝ

εὖ νυν τόδ' ἴσθι, μὴ γυναικὸς οὕνεκα
γῆμαί με λέκτρα βασιλέων ἃ νῦν ἔχω,
ἀλλ', ὥσπερ εἶπον καὶ πάρος, σῶσαι θέλων 595

CORO

Há um cosmo de beleza em tua parlenda,
mas, mesmo contra o que por certo pensas,
direi que atraiçoar a esposa é indigno.

MEDEIA

Difiro muito em muito dos demais,
favorável que sou a que se multe   580
pesadamente o bom de prosa injusto,
orgulhoso de mascarar o injusto,
capaz de tudo. É um sabedor de araque!
Não me venhas posar de bem-falante,
que te derruba o murro de um vocábulo:[31]   585
foras honesto, me convencerias,
ao invés de casar-se na surdina.

JASÃO

Me referira às núpcias, bela aliada
teria tido, se nem no presente
consegues remover a fúria do íntimo!   590

MEDEIA

O que te preocupava era que núpcias
bárbaras te infamassem na velhice.

JASÃO

Põe na cabeça, de uma vez por todas:
não foi por outra que subi ao leito
régio, mas por querer salvar a ti   595

---

[31] O verbo ἐκτείνω, "estender", é empregado metaforicamente aqui. Normalmente aparece no âmbito do pugilato.

σέ, καὶ τέκνοισι τοῖς ἐμοῖς ὁμοσπόρους
φῦσαι τυράννους παῖδας, ἔρυμα δώμασι.

ΜΗΔΕΙΑ

μή μοι γένοιτο λυπρὸς εὐδαίμων βίος
μηδ' ὄλβος ὅστις τὴν ἐμὴν κνίζοι φρένα.

ΙΑΣΩΝ

οἶσθ' ὡς μετεύξῃ, καὶ σοφωτέρα φανῇ;
τὰ χρηστὰ μή σοι λυπρὰ φαίνεσθαί ποτε,
μηδ' εὐτυχοῦσα δυστυχὴς εἶναι δοκεῖν.

ΜΗΔΕΙΑ

ὕβριζ', ἐπειδὴ σοὶ μὲν ἔστ' ἀποστροφή,
ἐγὼ δ' ἔρημος τήνδε φευξοῦμαι χθόνα.

ΙΑΣΩΝ

αὐτὴ τάδ' εἵλου· μηδέν' ἄλλον αἰτιῶ.

ΜΗΔΕΙΑ

τί δρῶσα; μῶν γαμοῦσα καὶ προδοῦσά σε;

ΙΑΣΩΝ

ἀρὰς τυράννοις ἀνοσίους ἀρωμένη.

ΜΗΔΕΙΑ

καὶ σοῖς ἀραία γ' οὖσα τυγχάνω δόμοις.

ΙΑΣΩΝ

ὡς οὐ κρινοῦμαι τῶνδέ σοι τὰ πλείονα.
ἀλλ', εἴ τι βούλῃ παισὶν ἢ σαυτῆς φυγῇ
προσωφέλημα χρημάτων ἐμῶν λαβεῖν,

e aos dois meninos, pai de irmãos dos filhos
de agora, príncipes, bastiões do alcácer.

MEDEIA
Desdenho a vida próspera, se triste,
e a cintilância, se ela amarga o espírito!

JASÃO
Por que não aprimoras tua sabença? 600
Não trates com pesar o que dá lucro,
nem faças do infortúnio tua fortuna!

MEDEIA
Quanta impostura! Partirei sem rumo
da cidadela em que te refugias!

JASÃO
Escolha de que mais ninguém tem culpa! 605

MEDEIA
Mas onde errei? Traí o casamento?

JASÃO
Amaldiçoaste, sem clemência, os reis!

MEDEIA
Ah, sim!, eu sou a praga do teu lar.

JASÃO
Encerro por aqui o bate-boca.
Se desejas amparo pecuniário 610
para cruzar fronteiras com teus filhos,

λέγ'· ὡς ἕτοιμος ἀφθόνῳ δοῦναι χερὶ
ξένοις τε πέμπειν σύμβολ', οἳ δράσουσί σ' εὖ.
καὶ ταῦτα μὴ θέλουσα μωρανεῖς, γύναι·
λήξασα δ' ὀργῆς κερδανεῖς ἀμείνονα. 615

ΜΗΔΕΙΑ

οὔτ' ἂν ξένοισι τοῖσι σοῖς χρησαίμεθ' ἄν,
οὔτ' ἄν τι δεξαίμεσθα, μηδ' ἡμῖν δίδου·
κακοῦ γὰρ ἀνδρὸς δῶρ' ὄνησιν οὐκ ἔχει.

ΙΑΣΩΝ

ἀλλ' οὖν ἐγὼ μὲν δαίμονας μαρτύρομαι,
ὡς πάνθ' ὑπουργεῖν σοί τε καὶ τέκνοις θέλω· 620
σοὶ δ' οὐκ ἀρέσκει τἀγάθ', ἀλλ' αὐθαδίᾳ
φίλους ἀπωθῇ· τοιγὰρ ἀλγυνῇ πλέον.

ΜΗΔΕΙΑ

χώρει· πόθῳ γὰρ τῆς νεοδμήτου κόρης
αἱρῇ χρονίζων δωμάτων ἐξώπιος.
νύμφευ'· ἴσως γάρ, σὺν θεῷ δ' εἰρήσεται, 625
γαμεῖς τοιοῦτον ὥστε ἀρνεῖσθαι γάμον.

ΧΟΡΟΣ

ἔρωτες ὑπὲρ μὲν ἄγαν   Estr. 1
ἐλθόντες οὐκ εὐδοξίαν
   οὐδ' ἀρετὰν παρέδωκαν
   ἀνδράσιν· εἰ δ' ἅλις ἔλθοι 630

é só dizer, que estou às ordens! Símbolos[32]
das tésseras que envio são garantia
de hospedagem. Bobagem se os renegas!
Cede à calma e melhora tuas vantagens! 615

MEDEIA
Repugna-me a morada de teus hóspedes,
tanto quanto a oferta monetária,
pois o prêmio do pulha não tem préstimo.

JASÃO
Requeiro o testemunho dos eternos
para o fato de eu pretender dar tudo 620
de que precises, mas o bem não te
agrada. Altiva, agravas o difícil.

MEDEIA
Some daqui, saudoso da moçoila
recém-domada! Tomam-na, se tardas!
Goza tua ninfa, pois, se um deus me escuta, 625
lamentarás — quem sabe... — tuas núpcias.

[Sai Jasão]

CORO
Amores, quando pleni (em demasia) afloram,[33] Estr. 1
denegam fama e brilho ao homem. 630

---

[32] σύμβολον: objeto fragmentado em duas partes, mantidas por cada um dos envolvidos num acordo. Sua junção comprovaria a autenticidade da origem.

[33] A tmese ocorre no original, assim como o advérbio enfático, localizado entre as duas palavras que compõem essa figura de linguagem: ὑπὲρ μὲν ἄγαν ἐλθόντες.

Κύπρις, οὐκ ἄλλα θεὸς εὔχαρις οὕτως.
μήποτ', ὦ δέσποιν', ἐπ' ἐμοὶ χρυσέων τόξων ἐφείης
ἱμέρῳ χρίσασ' ἄφυκτον οἰστόν.

στέργοι δέ με σωφροσύνα,   Ant. 1   635
δώρημα κάλλιστον θεῶν·
μηδέ ποτ' ἀμφιλόγους ὀργὰς
ἀκόρεστά τε νείκη
θυμὸν ἐκπλήξασ' ἑτέροις ἐπὶ λέκτροις
προσβάλοι δεινὰ Κύπρις, ἀπτολέμους δ' εὐνὰς
   σεβίζουσ'   640
ὀξύφρων κρίνοι λέχη γυναικῶν.

ὦ πατρίς, ὦ δώματα, μὴ δῆτ' ἄπολις γενοίμαν   Estr. 2
τὸν ἀμηχανίας ἔχουσα   645
δυσπέρατον αἰῶν',
οἰκτρότατον ἀχέων.
θανάτῳ θανάτῳ πάρος δαμείην
ἁμέραν τάνδ' ἐξανύσασα·
μόχθων δ' οὐκ ἄλλος ὕπερθεν   650
ἢ γᾶς πατρίας στέρεσθαι.

εἴδομεν, οὐκ ἐξ ἑτέρων   Ant. 2
   μῦθον ἔχω φράσασθαι·
σὲ γὰρ οὐ πόλις, οὐ φίλων τις   655
ᾤκτισεν παθοῦσαν
δεινότατα παθέων.
ἀχάριστος ὄλοιθ', ὅτῳ πάρεστιν
μὴ φίλους τιμᾶν καθαρᾶν   660
ἀνοίξαντα κλῇδα φρενῶν·
ἐμοὶ μὲν φίλος οὔποτ' ἔσται.

Mas se Afrodite advém com seus parâmetros,
inexiste deusa mais extasiante.
Não mires contra mim o flechaço indesviável
do arco dourado, ungido no desejo, ó ser sublime!

Sofrósina reserve-me sua simpatia,   Ant. 1   635
inexcedível dom divino do Equilíbrio!
A cólera da mutuaversão,
a rusga sem cura por leito de terceiro,
jamais, acídula Cípria,
arremesses, avessa, contra mim!
Perdure a antipolêmica do conúbio   640
no tálamo perspicaz das moças!

O que mais prezo, ó pátria, ó moradia?   Estr. 2
Não ser sem-urbe,   645
alheia ao disparate da penúria,
a mais árdua desventura!
Ao prenúncio de uma jornada assim,
que o dano de tânatos, tânatos,   650
me fulmine!
Dano máximo é privar-se da pátria.

Presenciamos (não me guia   Ant. 2
averbamento alheio):   655
nem urbe, nem amigo derramou
uma lágrima que fosse
ao terribilíssimo sofrer.
Morra, mas morra lentamente,
o ingrato que desonra os seus,   660
depois de franquear o ferrolho de ânima sem mácula!
Jamais há de contar com meu apreço!

ΑΙΓΕΥΣ

Μήδεια, χαῖρε· τοῦδε γὰρ προοίμιον
κάλλιον οὐδεὶς οἶδε προσφωνεῖν φίλους.

ΜΗΔΕΙΑ

ὦ χαῖρε καὶ σύ, παῖ σοφοῦ Πανδίονος, 665
Αἰγεῦ. πόθεν γῆς τῆσδ᾽ ἐπιστρωφᾷ πέδον;

ΑΙΓΕΥΣ

Φοίβου παλαιὸν ἐκλιπὼν χρηστήριον.

ΜΗΔΕΙΑ

τί δ᾽ ὀμφαλὸν γῆς θεσπιῳδὸν ἐστάλης;

ΑΙΓΕΥΣ

παίδων ἐρευνῶν σπέρμ᾽ ὅπως γένοιτό μοι.

ΜΗΔΕΙΑ

πρὸς θεῶν, ἄπαις γὰρ δεῦρ᾽ ἀεὶ τείνεις βίον; 670

ΑΙΓΕΥΣ

ἄπαιδές ἐσμεν δαίμονός τινος τύχῃ.

[Chega Egeu]

EGEU[34]

Felicidade! Pode haver início
mais propício à fala de um amigo?

MEDEIA

Felicidade, Egeu, filho de Pândion![35]
Deixaste que país ao vir aqui?

EGEU

Fui consultar o oráculo de Apolo.

MEDEIA

Por que sondaste o ônfalo divino?

EGEU

Para curar-me da esterilidade.

MEDEIA

Falhas na geração dos descendentes?

EGEU

Um deus me impôs a sina sem um filho.[36]

---

[34] Na *Poética*, 1.461b, 20-1, Aristóteles critica a introdução desse personagem, que considera imotivada.

[35] Referência ao filho de Cécrope, oitavo rei da Ática, pai de Egeu.

[36] Irônico e amargo contraste entre um personagem incapaz de procriar e outra que planeja a morte dos próprios filhos.

ΜΗΔΕΙΑ
δάμαρτος οὔσης, ἢ λέχους ἄπειρος ὤν;

ΑΙΓΕΥΣ
οὐκ ἐσμὲν εὐνῆς ἄζυγες γαμηλίου.

ΜΗΔΕΙΑ
τί δῆτα Φοῖβος εἶπέ σοι παίδων πέρι;

ΑΙΓΕΥΣ
σοφώτερ' ἢ κατ' ἄνδρα συμβαλεῖν ἔπη. 675

ΜΗΔΕΙΑ
θέμις μὲν ἡμᾶς χρησμὸν εἰδέναι θεοῦ;

ΑΙΓΕΥΣ
μάλιστ', ἐπεί τοι καὶ σοφῆς δεῖται φρενός.

ΜΗΔΕΙΑ
τί δῆτ' ἔχρησε; λέξον, εἰ θέμις κλύειν.

ΑΙΓΕΥΣ
ἀσκοῦ με τὸν προὔχοντα μὴ λῦσαι πόδα.

ΜΗΔΕΙΑ
πρὶν ἂν τί δράσῃς ἢ τίν' ἐξίκῃ χθόνα; 680

ΑΙΓΕΥΣ
πρὶν ἂν πατρῴαν αὖθις ἑστίαν μόλω.

ΜΗΔΕΙΑ
σὺ δ' ὡς τί χρῄζων τήνδε ναυστολεῖς χθόνα;

MEDEIA
Mas careces de tálamo ou de esposa?

EGEU
Não desconheço o jugo esponsalício.

MEDEIA
E o que falou Apolo sobre os filhos?

EGEU
O veredito soa estranho ao leigo. 675

MEDEIA
Permites-me saber sua sentença?

EGEU
Claro, pois só o sábio a desvenda.

MEDEIA
Repete o que augurou, se posso ouvi-lo!

EGEU
"Não desates do odre o pé que pende!"

MEDEIA
Antes de perfazer o quê e onde? 680

EGEU
"Antes de retornar ao lar paterno."

MEDEIA
Por qual motivo aportas nesta pólis?

ΑΙΓΕΥΣ
Πιτθεύς τις ἔστι, γῆς ἄναξ Τροζηνίας ...

ΜΗΔΕΙΑ
παῖς, ὡς λέγουσι, Πέλοπος, εὐσεβέστατος.

ΑΙΓΕΥΣ
τούτῳ θεοῦ μάντευμα κοινῶσαι θέλω.   685

ΜΗΔΕΙΑ
σοφὸς γὰρ ἀνὴρ καὶ τρίβων τὰ τοιάδε.

ΑΙΓΕΥΣ
κἀμοί γε πάντων φίλτατος δορυξένων.

ΜΗΔΕΙΑ
ἀλλ' εὐτυχοίης καὶ τύχοις ὅσων ἐρᾷς.

ΑΙΓΕΥΣ
τί γὰρ σὸν ὄμμα χρώς τε συντέτηχ' ὅδε;

ΜΗΔΕΙΑ
Αἰγεῦ, κάκιστός ἐστί μοι πάντων πόσις.   690

ΑΙΓΕΥΣ
τί φῄς; σαφῶς μοι σὰς φράσον δυσθυμίας.

ΜΗΔΕΙΑ
ἀδικεῖ μ' Ἰάσων οὐδὲν ἐξ ἐμοῦ παθών.

EGEU
Piteu reina em Trezena, ao que parece...[37]

MEDEIA
Dizem que é o mais piedoso pelopida.

EGEU
Desejo transmitir-lhe a frase mântica. 685

MEDEIA
Decifrador insigne de oráculos.

EGEU
Um caro aliado a quem franqueio a porta.

MEDEIA
Estejas sob a luz do acaso alvíssaro!

EGEU
Por que teu olho e tez se descoloram?

MEDEIA
Casei-me com o crápula dos crápulas! 690

EGEU
Sê direta ao contar-me o que te abate!

MEDEIA
Nada fiz contra quem hoje me agride.

---

[37] O mito sobre a morte de Hipólito situa-se nessa mesma região da Argólida, no golfo sarônico. Piteu era o pai de Fedra.

ΑΙΓΕΥΣ
τί χρῆμα δράσας; φράζε μοι σαφέστερον.

ΜΗΔΕΙΑ
γυναῖκ' ἐφ' ἡμῖν δεσπότιν δόμων ἔχει.

ΑΙΓΕΥΣ
οὔ που τετόλμηκ' ἔργον αἴσχιστον τόδε; 695

ΜΗΔΕΙΑ
σάφ' ἴσθ'· ἄτιμοι δ' ἐσμὲν οἱ πρὸ τοῦ φίλοι.

ΑΙΓΕΥΣ
πότερον ἐρασθεὶς ἢ σὸν ἐχθαίρων λέχος;

ΜΗΔΕΙΑ
μέγαν γ' ἔρωτα· πιστὸς οὐκ ἔφυ φίλοις.

ΑΙΓΕΥΣ
ἴτω νυν, εἴπερ, ὡς λέγεις, ἐστὶν κακός.

ΜΗΔΕΙΑ
ἀνδρῶν τυράννων κῆδος ἠράσθη λαβεῖν. 700

ΑΙΓΕΥΣ
δίδωσι δ' αὐτῷ τίς; πέραινέ μοι λόγον.

ΜΗΔΕΙΑ
Κρέων, ὃς ἄρχει τῆσδε γῆς Κορινθίας.

ΑΙΓΕΥΣ
συγγνωστὰ μέν τἄρ' ἦν σε λυπεῖσθαι, γύναι.

EGEU
Podes deixar-me a par de como agiu?

MEDEIA
Pôs outra em meu lugar em sua morada.

EGEU
O modo como ele age me estarrece! 695

MEDEIA
Claro direi: renega a ex-consorte!

EGEU
Ama alguém ou tua cama o entedia?

MEDEIA
E como ama! Alguém nele se fia?

EGEU
Que evapore, se ele é o soez que vês!

MEDEIA
Ele ama o estreito liame com tiranos. 700

EGEU
Falta que digas quem lhe deu a filha!

MEDEIA
Creon, cujo domínio é Corinto.

EGEU
Melhor compreendo agora tua angústia.

ΜΗΔΕΙΑ
ὄλωλα· καὶ πρός γ' ἐξελαύνομαι χθονός.

ΑΙΓΕΥΣ
πρὸς τοῦ; τόδ' ἄλλο καινὸν αὖ λέγεις κακόν. 705

ΜΗΔΕΙΑ
Κρέων μ' ἐλαύνει φυγάδα γῆς Κορινθίας.

ΑΙΓΕΥΣ
ἐᾷ δ' Ἰάσων; οὐδὲ ταῦτ' ἐπήνεσα.

ΜΗΔΕΙΑ
λόγῳ μὲν οὐχί, καρτερεῖν δὲ βούλεται.
ἀλλ' ἄντομαί σε τῆσδε πρὸς γενειάδος
γονάτων τε τῶν σῶν ἱκεσία τε γίγνομαι, 710
οἴκτιρον οἴκτιρόν με τὴν δυσδαίμονα
καὶ μή μ' ἔρημον ἐκπεσοῦσαν εἰσίδῃς,
δέξαι δὲ χώρᾳ καὶ δόμοις ἐφέστιον.
οὕτως ἔρως σοι πρὸς θεῶν τελεσφόρος
γένοιτο παίδων, καὐτὸς ὄλβιος θάνοις. 715
εὕρημα δ' οὐκ οἶσθ' οἷον ηὕρηκας τόδε·
παύσω γέ σ' ὄντ' ἄπαιδα καὶ παίδων γονὰς
σπεῖραί σε θήσω· τοιάδ' οἶδα φάρμακα.

ΑΙΓΕΥΣ
πολλῶν ἕκατι τήνδε σοι δοῦναι χάριν,
γύναι, πρόθυμός εἰμι, πρῶτα μὲν θεῶν, 720
ἔπειτα παίδων ὧν ἐπαγγέλλῃ γονάς·
ἐς τοῦτο γὰρ δὴ φροῦδός εἰμι πᾶς ἐγώ.
οὕτω δ' ἔχει μοι· σοῦ μὲν ἐλθούσης χθόνα,
πειράσομαί σου προξενεῖν δίκαιος ὤν.

MEDEIA
Estou perdida, pois daqui me exilam.

EGEU
Mais um revés! Mas quem o determina? 705

MEDEIA
Creon não quer me ver mais no país.

EGEU
Jasão, como eu, discorda desse edito?

MEDEIA
Discorda só da boca para fora.
Toco-te os joelhos, tanjo tua face,
escuta a amiga que hoje te suplica: 710
tem pena da desdêmona, tem pena,
impede o desamparo do desterro,
não vislumbres o tombo da eremita,
que o fogo do teu lar me afague! Que Eros
não te renegue filhos, e, ao declínio 715
da vida, afortunado, então sorrias!
É um achado o que achas, pois meus fármacos
darão à luz os filhos de um sem-filho!

EGEU
Por diversos motivos te auxilio,
pelos deuses, primeiro, e pelos filhos 720
a cuja viabilidade aludes,
assunto em que me empenho integralmente.
Receberás de mim, se ao meu país
aportas, a devida hospedagem,

τοσόν γε μέντοι σοι προσημαίνω, γύναι· 725
ἐκ τῆσδε μὲν γῆς οὔ σ' ἄγειν βουλήσομαι,
αὐτὴ δ' ἐάνπερ εἰς ἐμοὺς ἔλθῃς δόμους,
μενεῖς ἄσυλος κοὔ σε μὴ μεθῶ τινι.
ἐκ τῆσδε δ' αὐτὴ γῆς ἀπαλλάσσου πόδα·
ἀναίτιος γὰρ καὶ ξένοις εἶναι θέλω. 730

ΜΗΔΕΙΑ

ἔσται τάδ'· ἀλλὰ πίστις εἰ γένοιτό μοι
τούτων, ἔχοιμ' ἂν πάντα πρὸς σέθεν καλῶς.

ΑΙΓΕΥΣ

μῶν οὐ πέποιθας; ἢ τί σοι τὸ δυσχερές;

ΜΗΔΕΙΑ

πέποιθα· Πελίου δ' ἐχθρός ἐστί μοι δόμος
Κρέων τε. τούτοις δ' ὁρκίοισι μὲν ζυγεὶς 735
ἄγουσιν οὐ μεθεῖ' ἂν ἐκ γαίας ἐμέ·
λόγοις δὲ συμβὰς καὶ θεῶν ἀνώμοτος
φίλος γένοι' ἂν κἀπικηρυκεύματα
τάχ' ἂν πίθοιο· τἀμὰ μὲν γὰρ ἀσθενῆ,
τοῖς δ' ὄλβος ἐστὶ καὶ δόμος τυραννικός. 740

ΑΙΓΕΥΣ

πολλὴν ἔδειξας ἐν λόγοις προμηθίαν·
ἀλλ', εἰ δοκεῖ σοι, δρᾶν τάδ' οὐκ ἀφίσταμαι.
ἐμοί τε γὰρ τάδ' ἐστὶν ἀσφαλέστατα,
σκῆψίν τιν' ἐχθροῖς σοῖς ἔχοντα δεικνύναι,
τὸ σόν τ' ἄραρε μᾶλλον· ἐξηγοῦ θεούς. 745

mas deixo claro que não intenciono 725
te resgatar daqui. Se ao meu solar
fores por conta própria, terás teto
e a certeza de não seres traída.
Foge por ti, que eu não quero ferir
suscetibilidades alienígenas. 730

MEDEIA
De acordo. O meu apreço aumentará
se aceitares selar com jura o pacto.

EGEU
Acaso desconfias do que falo?

MEDEIA
Não é que eu desconfie, mas me odeia
o paço de Creon e Pélias. Preso 735
ao jugo de uma jura, não me entregas;
o apalavrado é insuficiente para
que enfrentes a pressão que deles venha,
mas com o aval divino é diferente.
Como faria frente ao paço, ao ouro? 740

EGEU
Parece um sobrezelo, mas não sou
contrário ao que desejas tanto, mesmo
porque teu plano me convém, pois me
desculparei com quem te execra e ficas
mais segura. Nomeia o nume: o invoco! 745

ΜΗΔΕΙΑ

ὄμνυ πέδον Γῆς, πατέρα θ' Ἥλιον πατρὸς
τοὐμοῦ, θεῶν τε συντιθεὶς ἅπαν γένος.

ΑΙΓΕΥΣ

τί χρῆμα δράσειν ἢ τί μὴ δράσειν; λέγε.

ΜΗΔΕΙΑ

μήτ' αὐτὸς ἐκ γῆς σῆς ἔμ' ἐκβαλεῖν ποτε,
μήτ' ἄλλος ἤν τις τῶν ἐμῶν ἐχθρῶν ἄγειν   750
χρῄζῃ, μεθήσειν ζῶν ἑκουσίῳ τρόπῳ.

ΑΙΓΕΥΣ

ὄμνυμι Γαῖαν φῶς τε λαμπρὸν Ἡλίου
θεούς τε πάντας ἐμμενεῖν ἅ σου κλύω.

ΜΗΔΕΙΑ

ἀρκεῖ· τί δ' ὅρκῳ τῷδε μὴ 'μμένων πάθοις;

ΑΙΓΕΥΣ

ἃ τοῖσι δυσσεβοῦσι γίγνεται βροτῶν.   755

ΜΗΔΕΙΑ

χαίρων πορεύου· πάντα γὰρ καλῶς ἔχει,
κἀγὼ πόλιν σὴν ὡς τάχιστ' ἀφίξομαι,
πράξασ' ἃ μέλλω καὶ τυχοῦσ' ἃ βούλομαι.

ΧΟΡΟΣ

ἀλλά σ' ὁ Μαίας πομπαῖος ἄναξ
πελάσειε δόμοις, ὧν τ' ἐπίνοιαν   760
σπεύδεις κατέχων πράξειας, ἐπεὶ

MEDEIA
Jura por Geia-Terra e meu ancestre,
o Sol, e pela estirpe pandivina!

EGEU
O que devo evitar e pôr em prática?

MEDEIA
Jamais me renegar em tua cidade;
jamais deixar que um inimigo meu 750
sequestre-me de lá, enquanto vivas.

EGEU
Juro seguir à risca o que escutei,
pelo Sol, pela Terra, pelos numes!

MEDEIA
Infiel à jura, o que padecerás?

EGEU
A pena que se abate sobre o ímpio. 755

MEDEIA
De pleno acordo: bom retorno! Cedo
ingresso em tua cidade, quando cumpra
o que devo e o que dita meu desejo.

CORO
Que Hermes, senhor das rotas,
oriente o teu retorno; 760
cumpra-se o que te obceca,

γενναῖος ἀνήρ,
Αἰγεῦ, παρ' ἐμοὶ δεδόκησαι.

ΜΗΔΕΙΑ
ὦ Ζεῦ Δίκη τε Ζηνὸς Ἡλίου τε φῶς,
νῦν καλλίνικοι τῶν ἐμῶν ἐχθρῶν, φίλαι,   765
γενησόμεσθα κεἰς ὁδὸν βεβήκαμεν·
νῦν δ' ἐλπὶς ἐχθροὺς τοὺς ἐμοὺς τείσειν δίκην.
οὗτος γὰρ ἀνὴρ ᾗ μάλιστ' ἐκάμνομεν
λιμὴν πέφανται τῶν ἐμῶν βουλευμάτων·
ἐκ τοῦδ' ἀναψόμεσθα πρυμνήτην κάλων,   770
μολόντες ἄστυ καὶ πόλισμα Παλλάδος.
ἤδη δὲ πάντα τἀμά σοι βουλεύματα
λέξω· δέχου δὲ μὴ πρὸς ἡδονὴν λόγους.

πέμψασ' ἐμῶν τιν' οἰκετῶν Ἰάσονα
ἐς ὄψιν ἐλθεῖν τὴν ἐμὴν αἰτήσομαι·   775
μολόντι δ' αὐτῷ μαλθακοὺς λέξω λόγους,
†ὡς καὶ δοκεῖ μοι ταῦτα, καὶ καλῶς ἔχει†
γάμους τυράννων οὓς προδοὺς ἡμᾶς ἔχει,
καὶ ξύμφορ' εἶναι καὶ καλῶς ἐγνωσμένα.
παῖδας δὲ μεῖναι τοὺς ἐμοὺς αἰτήσομαι,   780
οὐχ ὡς λιποῦσ' ἂν πολεμίας ἐπὶ χθονὸς
ἐχθροῖσι παῖδας τοὺς ἐμοὺς καθυβρίσαι,
ἀλλ' ὡς δόλοισι παῖδα βασιλέως κτάνω.
πέμψω γὰρ αὐτοὺς δῶρ' ἔχοντας ἐν χεροῖν,
[νύμφῃ φέροντας, τήνδε μὴ φυγεῖν χθόνα,]   785
λεπτόν τε πέπλον καὶ πλόκον χρυσήλατον·
κἄνπερ λαβοῦσα κόσμον ἀμφιθῇ χροΐ,

pois, a meu ver, Egeu,
o teu comportamento te enobrece!

MEDEIA

Zeus, Justiça de Zeus, Fulgor solar,
que a vitória de Nike vija contra   765
os vis! Amigas, mãos à obra: espero
fazer que o inimigo pague altíssimo!
Egeu mostrou-se o porto de meus planos
no que me preocupava mais. Amarras
de popa lhe arremesso assim que Atenas   770
desponte — bela cidadela! — à frente.
Não mais oculto o plano que acalento,
em relação ao qual serás avessa.[38]
Alguém diz a Jasão que solicito
sua visita, quando então me exprimo   775
manemolentemente em prol das bodas
(fruto de traição) reais, achando
auspicioso o proveito que nos hão
de propiciar. Meus filhos ficarão
— eis o ponto central —, não que eu os queira   780
em terra hostil, sujeitos a perverso
tratamento, mas para assassinar
a queridinha do papai. Os dois
portarão os presentes, com o intuito
de reverter o edito que os exila: 785
o véu — puro requinte! — e o leve peplo.
Se adorno e veste envolvem sua pele,

---

[38] Não se estranhe a alternância de formas de tratamento na fala de Medeia: é comum, na tragédia, a personagem dirigir-se aos membros do coro no plural e para seu (ou sua) líder (corifeu) no singular.

κακῶς ὀλεῖται πᾶς θ' ὃς ἂν θίγῃ κόρης·
τοιοῖσδε χρίσω φαρμάκοις δωρήματα.
ἐνταῦθα μέντοι τόνδ' ἀπαλλάσσω λόγον· 790
ᾤμωξα δ' οἷον ἔργον ἔστ' ἐργαστέον
τοὐντεῦθεν ἡμῖν· τέκνα γὰρ κατακτενῶ
τἄμ'· οὔτις ἔστιν ὅστις ἐξαιρήσεται·
δόμον τε πάντα συγχέασ' Ἰάσονος
ἔξειμι γαίας, φιλτάτων παίδων φόνον 795
φεύγουσα καὶ τλᾶσ' ἔργον ἀνοσιώτατον.
οὐ γὰρ γελᾶσθαι τλητὸν ἐξ ἐχθρῶν, φίλαι.
  ἴτω· τί μοι ζῆν κέρδος; οὔτε μοι πατρὶς
οὔτ' οἶκος ἔστιν οὔτ' ἀποστροφὴ κακῶν.
ἡμάρτανον τόθ' ἡνίκ' ἐξελίμπανον 800
δόμους πατρῴους, ἀνδρὸς Ἕλληνος λόγοις
πεισθεῖσ', ὃς ἡμῖν σὺν θεῷ τείσει δίκην.
οὔτ' ἐξ ἐμοῦ γὰρ παῖδας ὄψεταί ποτε
ζῶντας τὸ λοιπὸν οὔτε τῆς νεοζύγου
νύμφης τεκνώσει παῖδ', ἐπεὶ κακὴν κακῶς 805
θανεῖν σφ' ἀνάγκη τοῖς ἐμοῖσι φαρμάκοις.
μηδείς με φαύλην κἀσθενῆ νομιζέτω
μηδ' ἡσυχαίαν ἀλλὰ θατέρου τρόπου,
βαρεῖαν ἐχθροῖς καὶ φίλοισιν εὐμενῆ·
τῶν γὰρ τοιούτων εὐκλεέστατος βίος. 810

ΧΟΡΟΣ

ἐπείπερ ἡμῖν τόνδ' ἐκοίνωσας λόγον,
σέ τ' ὠφελεῖν θέλουσα, καὶ νόμοις βροτῶν
ξυλλαμβάνουσα, δρᾶν σ' ἀπεννέπω τάδε.

ΜΗΔΕΙΑ

οὐκ ἔστιν ἄλλως· σοὶ δὲ συγγνώμη λέγειν
τάδ' ἐστί, μὴ πάσχουσαν, ὡς ἐγώ, κακῶς. 815

mirra e morre, e o incauto que a tocar,
pois untarei no fármaco o regalo!
Redireciono a fala neste ponto — 790
pranteio o fato a ser perfeito: mato
meus filhos... e ai de quem ficar na frente!
Arraso o alcácer de Jasão e sumo,
pela sanha fatal contra os meninos
que mais amo no mundo, sob o crime 795
que mais que nenhum outro agride o pio:
o riso do inimigo fere o íntimo.
A vida avulta? Avilta, se há vacância
de lar, pátria, refúgio contra os sujos.
Que erro crasso deixar o paço pátrio, 800
cair na logorreia de um helênico,
o qual, se deus quiser, será punido!
Não mais sorri aos jogos dos meninos,
nem cria outra linhagem com sua ninfa:
meus fármacos fatais hão de matar 805
terrivelmente a terribilíssima.
Não queiram ver em mim um ser fleumático
ou flébil. Tenho outro perfil. Amor
ao amigo, rigor contra o inimigo;
eis o que sobreglorifica a vida! 810

CORO
Já que me pões a par do que cogitas,
por desejar ser útil, fiel às leis
humanas, digo *não!* aos teus projetos.

MEDEIA
É a única saída, mas não levo
a mal o que ora tentas. Quem mais sente? 815

ΧΟΡΟΣ
ἀλλὰ κτανεῖν σὸν σπέρμα τολμήσεις, γύναι;

ΜΗΔΕΙΑ
οὕτω γὰρ ἂν μάλιστα δηχθείη πόσις.

ΧΟΡΟΣ
σὺ δ' ἂν γένοιό γ' ἀθλιωτάτη γυνή.

ΜΗΔΕΙΑ
ἴτω· περισσοὶ πάντες οὑν μέσῳ λόγοι.
ἀλλ' εἶα χώρει καὶ κόμιζ' Ἰάσονα· 820
ἐς πάντα γὰρ δὴ σοὶ τὰ πιστὰ χρώμεθα.
λέξῃς δὲ μηδὲν τῶν ἐμοὶ δεδογμένων,
εἴπερ φρονεῖς εὖ δεσπόταις γυνή τ' ἔφυς.

ΧΟΡΟΣ
Ἐρεχθεΐδαι τὸ παλαιὸν ὄλβιοι   Estr. 1
καὶ θεῶν παῖδες μακάρων, ἱερᾶς   825
χώρας ἀπορθήτου τ' ἄπο, φερβόμενοι
κλεινοτάταν σοφίαν, αἰεὶ διὰ λαμπροτάτου
βαίνοντες ἁβρῶς αἰθέρος, ἔνθα ποθ' ἁγνὰς   830
ἐννέα Πιερίδας Μούσας λέγουσι
ξανθὰν Ἁρμονίαν φυτεῦσαι·

100

CORO
Matas quem germinou do teu regaço?

MEDEIA
É a mordida que fere mais o esposo.

CORO
E que fará de ti um ser tristíssimo!

[Medeia fala a uma serva]

MEDEIA
É vã a parolagem do entremeio.
Não tardes em trazer Jasão! Eu sempre 820
te confio tarefas espinhosas,
mas se me tens em bom conceito, se
és de fato mulher, esconde o intento!

[Sai a serva]

CORO
O ouro erecteide[39] remonta Estr. 1
ao imêmore. Dos numes 825
descendem, oriundos de paragem sacra,
inviolável; nutre-os a sapiência,
a mais ilustre, com passadas altaneiras
pelo éter lampadejante. Foi ali (dizem)
que as nove Musas Piérides, 830
geraram, sublimes, Harmonia, a loura.

---

[39] Referência aos erecteides, filhos de Erecteus, uma designação dos atenienses.

τοῦ καλλινάου τ' ἐπὶ Κηφισοῦ ῥοαῖς   Ant. 1   835
τὰν Κύπριν κλῄζουσιν ἀφυσσαμέναν
χώραν καταπνεῦσαι μετρίας ἀνέμων
ἡδυπνόους αὔρας· αἰεὶ δ' ἐπιβαλλομέναν   840
χαίταισιν εὐώδη ῥοδέων πλόκον ἀνθέων
τᾷ Σοφίᾳ παρέδρους πέμπειν Ἔρωτας,
παντοίας ἀρετᾶς ξυνεργούς.   845

πῶς οὖν ἱερῶν ποταμῶν   Estr. 2
  ἢ πόλις ἢ φίλων
  πόμπιμός σε χώρα
τὰ παιδολέτειραν ἕξει,
τὰν οὐχ ὁσίαν μετ' ἄλλων;   850
σκέψαι τεκέων πλαγάν,
σκέψαι φόνον οἷον αἴρῃ.
μή, πρὸς γονάτων σε πάντη
πάντως ἱκετεύομεν,
  τέκνα φονεύσῃς.   855

πόθεν θράσος ἢ φρενὸς ἢ   Ant. 2
  χειρὶ †τέκνων σέθεν†
  καρδίᾳ τε λήψῃ
δεινὰν προσάγουσα τόλμαν;
πῶς δ' ὄμματα προσβαλοῦσα   860
τέκνοις ἄδακρυν μοῖραν
σχήσεις φόνου; οὐ δυνάσῃ,
παίδων ἱκετᾶν πιτνόντων,

Reza a fama: do Cefiso⁴⁰ belífluo,   Ant. 1   835
Cípris hauria para ressoprar, terra acima,
auras sucintas da ventania, dociarfantes.   840
Redolentes rosas na trança da guirlanda,
Manda amores ladearem Sofia, a Sábia,
sócios no afazer da excelência plena.⁴¹   845

Como a urbe de rios sacros,   Estr. 2
como o país que zela pelo amigo,
te acolhe, junto aos demais,
ímpia matadora de filhos?   850
Vislumbra o cruor das crias,
vislumbra o crime que praticas!
Todas aos teus joelhos
rogamos tudo:
não carneies a prole!   855

De que ponto da ânima o afã   Ant. 2
atinge os braços,
ao avanço do arroubo hórrido
contra o coração dos garotos?
Como, à mirada púbere,   860
manterás, ilácrima, a sina facínora?
Impossível, ao rogo prostrado dos meninos,

---

⁴⁰ Rio ateniense.

⁴¹ No original, a imagem indica Sofia num trono, ladeada por Amores. Uma possível alusão à teoria do Amor apresentada por Platão em *O banquete*.

τέγξαι χέρα φοινίαν
    τλάμονι θυμῷ. 865

ΙΑΣΩΝ

ἥκω κελευσθείς· καὶ γὰρ οὖσα δυσμενὴς
οὔ τἂν ἁμάρτοις τοῦδέ γ᾽, ἀλλ᾽ ἀκούσομαι
τί χρῆμα βούλῃ καινὸν ἐξ ἐμοῦ, γύναι.

ΜΗΔΕΙΑ

Ἰᾶσον, αἰτοῦμαί σε τῶν εἰρημένων
συγγνώμον᾽ εἶναι· τὰς δ᾽ ἐμὰς ὀργὰς φέρειν 870
εἰκός σ᾽, ἐπεὶ νῷν πόλλ᾽ ὑπείργασται φίλα.
ἐγὼ δ᾽ ἐμαυτῇ διὰ λόγων ἀφικόμην
κἀλοιδόρησα· Σχετλία, τί μαίνομαι
καὶ δυσμεναίνω τοῖσι βουλεύουσιν εὖ,
ἐχθρὰ δὲ γαίας κοιράνοις καθίσταμαι 875
πόσει θ᾽, ὃς ἡμῖν δρᾷ τὰ συμφορώτατα,
γήμας τύραννον καὶ κασιγνήτους τέκνοις
ἐμοῖς φυτεύων; οὐκ ἀπαλλαχθήσομαι
θυμοῦ; τί πάσχω, θεῶν ποριζόντων καλῶς;
οὐκ εἰσὶ μέν μοι παῖδες, οἶδα δὲ χθόνα 880
φεύγοντας ἡμᾶς καὶ σπανίζοντας φίλων;
ταῦτ᾽ ἐννοηθεῖσ᾽ ᾐσθόμην ἀβουλίαν
πολλὴν ἔχουσα καὶ μάτην θυμουμένη.
νῦν οὖν ἐπαινῶ, σωφρονεῖν τ᾽ ἐμοὶ δοκεῖς
κῆδος τόδ᾽ ἡμῖν προσλαβών, ἐγὼ δ᾽ ἄφρων, 885
ᾗ χρῆν μετεῖναι τῶνδε τῶν βουλευμάτων,
καὶ ξυμπεραίνειν, καὶ παρεστάναι λέχει
νύμφην τε κηδεύουσαν ἥδεσθαι σέθεν.
ἀλλ᾽ ἐσμὲν οἷόν ἐσμεν, οὐκ ἐρῶ κακόν,
γυναῖκες· οὔκουν χρῆν σ᾽ ὁμοιοῦσθαι κακοῖς, 890

macular a mão imane,
sem íntimo calafrio.   865

   [Chega Jasão]

JASÃO

Não faço ouvidos moucos, a despeito
de tua animosidade. Algum pedido
novo te leva a me querer aqui?

MEDEIA

Retrato-me da ofensa que te fiz:
o amor que entre nós dois preexistiu   870
talvez torne meu surto palatável.
Ralhei de mim para comigo: "És tola,
a fúria do delírio te domina,
zangada contra quem sopesa tudo,
avessa a quem comanda este lugar   875
e ao teu marido, sábio no que faz
a ti mesma, casando com princesa,
mãe dos irmãos de quem és mãe! A cólera
não cede? O deus é prestimoso e sofres?
Não te é familiar o exílio? E os filhos?   880
Desconheces o preço do vazio
de amigos?". Vislumbrei, no automergulho,
a estupidez do meu ressentimento.
Me apercebo do quanto te preocupas
em nos propiciar parentes nobres.   885
Errei ao me excluir do plano, ao não
colaborar, ao não servir a noiva,
sorrindo à beira-leito. Somos como
somos. Mulher não é um mal; direi:
tão só mulher. Não queiras ser igual   890

οὐδ' ἀντιτείνειν νήπι' ἀντὶ νηπίων.
παριέμεσθα, καί φαμεν κακῶς φρονεῖν
τότ', ἀλλ' ἄμεινον νῦν βεβούλευμαι τάδε·
  ὦ τέκνα τέκνα, δεῦτε, λείπετε στέγας,
ἐξέλθετ', ἀσπάσασθε καὶ προσείπατε 895
πατέρα μεθ' ἡμῶν, καὶ διαλλάχθηθ' ἅμα
τῆς πρόσθεν ἔχθρας ἐς φίλους μητρὸς μέτα·
σπονδαὶ γὰρ ἡμῖν καὶ μεθέστηκεν χόλος.
λάβεσθε χειρὸς δεξιᾶς· οἴμοι, κακῶν
ὡς ἐννοοῦμαι δή τι τῶν κεκρυμμένων. 900
ἆρ', ὦ τέκν', οὕτω καὶ πολὺν ζῶντες χρόνον
φίλην ὀρέξετ' ὠλένην; τάλαιν' ἐγώ,
ὡς ἀρτίδακρύς εἰμι καὶ φόβου πλέα.
χρόνῳ δὲ νεῖκος πατρὸς ἐξαιρουμένη
ὄψιν τέρειναν τήνδ' ἔπλησα δακρύων. 905

ΧΟΡΟΣ
κἀμοὶ κατ' ὄσσων χλωρὸν ὡρμήθη δάκρυ·
καὶ μὴ προβαίη μεῖζον ἢ τὸ νῦν κακόν.

ΙΑΣΩΝ
αἰνῶ, γύναι, τάδ', οὐδ' ἐκεῖνα μέμφομαι·
εἰκὸς γὰρ ὀργὰς θῆλυ ποιεῖσθαι γένος,
γάμους παρεμπολῶντος ἀλλοίους, πόσει. 910
ἀλλ' ἐς τὸ λῷον σὸν μεθέστηκεν κέαρ,
ἔγνως δὲ τὴν νικῶσαν, ἀλλὰ τῷ χρόνῳ,
βουλήν· γυναικὸς ἔργα ταῦτα σώφρονος.
ὑμῖν δέ, παῖδες, οὐκ ἀφροντίστως πατὴρ
πολλὴν ἔθηκε σὺν θεοῖς σωτηρίαν· 915
οἶμαι γὰρ ὑμᾶς τῆσδε γῆς Κορινθίας
τὰ πρῶτ' ἔσεσθαι σὺν κασιγνήτοις ἔτι.
ἀλλ' αὐξάνεσθε· τἄλλα δ' ἐξεργάζεται

no mal, opondo a minhas criancices
criancices. Assumo meu equívoco,
agora que aprimoro meus projetos:
vinde, filhos, saí da moradia,
num abraço, saudai junto de mim   895
Jasão, não mais alimentando ódio
contra quem tanto amamos: a concórdia
reina em lugar da prévia discordância.
Tomai sua mão direita (posso ver
a ponta da catástrofe. Ai de mim!).   900
Terei o afago, filhos, deste abraço
ao longo do viver? Tristeza! O medo
se me apodera em meu afã de pranto.
Não mais sujeita à briga com o pai,
meus olhos, dóceis, mal contêm as lágrimas.   905

CORO
De meus olhos decai o pranto lívido.
Que a progressão do mal aborte agora!

JASÃO
Sou só louvor, mas não desdenho o que antes
pronunciaste, pois é normal a fúria
se núpcias de outra ordem se oferecem   910
ao marido. Teu coração, maduro,
se metamorfoseia: vês quem pensa
melhor, sinal de sensatez. O pai
não carece de lucidez, meninos,
e um nume nos reserva a luz no epílogo: 915
pressinto que encabeçareis Corinto
com os irmãos. Crescei, que eu cuidarei
do resto, se os olímpios não me negam

πατήρ τε καὶ θεῶν ὅστις ἐστὶν εὐμενής·
ἴδοιμι δ' ὑμᾶς εὐτραφεῖς ἥβης τέλος 920
μολόντας, ἐχθρῶν τῶν ἐμῶν ὑπερτέρους.
 αὕτη, τί χλωροῖς δακρύοις τέγγεις κόρας,
στρέψασα λευκὴν ἔμπαλιν παρηίδα,
κοὐκ ἀσμένη τόνδ' ἐξ ἐμοῦ δέχῃ λόγον;

ΜΗΔΕΙΑ
οὐδέν. τέκνων τῶνδ' ἐννοουμένη πέρι. 925

ΙΑΣΩΝ
θάρσει νυν· εὖ γὰρ τῶνδ' ἐγὼ θήσω πέρι.

ΜΗΔΕΙΑ
δράσω τάδ'· οὔτοι σοῖς ἀπιστήσω λόγοις·
γυνὴ δὲ θῆλυ κἀπὶ δακρύοις ἔφυ.

ΙΑΣΩΝ
τί δῆτα λίαν τοῖσδ' ἐπιστένεις τέκνοις;

ΜΗΔΕΙΑ
ἔτικτον αὐτούς· ζῆν δ' ὅτ' ἐξηύχου τέκνα, 930
ἐσῆλθέ μ' οἶκτος εἰ γενήσεται τάδε.
 ἀλλ' ὧνπερ οὕνεκ' εἰς ἐμοὺς ἥκεις λόγους,
τὰ μὲν λέλεκται, τῶν δ' ἐγὼ μνησθήσομαι.
ἐπεὶ τυράννοις γῆς μ' ἀποστεῖλαι δοκεῖ·
κἀμοὶ τάδ' ἐστὶ λῷστα, γιγνώσκω καλῶς, 935
μήτ' ἐμποδών σοι μήτε κοιράνοις χθονὸς
ναίειν· δοκῶ γὰρ δυσμενὴς εἶναι δόμοις·
ἡμεῖς μὲν ἐκ γῆς τῆσδ' ἀπαροῦμεν φυγῇ,
παῖδες δ' ὅπως ἂν ἐκτραφῶσι σῇ χερί,
αἰτοῦ Κρέοντα τήνδε μὴ φεύγειν χθόνα. 940

favor assim... Que eu possa ver meus filhos
fortalecidos quando surja a rusga,
robustos, caso um pústula me açule!
Por que desvias o rosto fantasmal
e o rio de lágrimas empapa as pálpebras?
Minhas palavras surtem teus soluços?

MEDEIA
Não. Eu pensava só nos dois meninos.

JASÃO
Não te preocupes: zelo pela dupla!

MEDEIA
Longe de mim descrer, mas é do sexo
frágil ser vítima do mar de lágrimas.

JASÃO
Por que te agita tanto a sina de ambos?

MEDEIA
Sou mãe; ao lhes rogares sobrevida,
doeu-me a incerteza do destino.
Mas falta eu te dizer outros motivos
por que solicitei tua vinda. Ao rei
convém o meu desterro, algo bastante
compreensível: eu seria um óbice
a ele e a ti também, ficando aqui,
pois o estigma de hostil o trago em mim.
Eis a razão de abandonar Corinto.
Depende só de ti que os filhos cresçam.
Pede a Creon a suspensão do exílio!

ΙΑΣΩΝ

οὐκ οἶδ' ἂν εἰ πείσαιμι, πειρᾶσθαι δὲ χρή.

ΜΗΔΕΙΑ

σὺ δ' ἀλλὰ σὴν κέλευσον αἰτεῖσθαι πατρὸς
γυναῖκα παῖδας τήνδε μὴ φεύγειν χθόνα.

ΙΑΣΩΝ

μάλιστα, καὶ πείσειν γε δοξάζω σφ' ἐγώ.

ΜΗΔΕΙΑ

εἴπερ γυναικῶν ἐστι τῶν ἄλλων μία. 945
συλλήψομαι δὲ τοῦδέ σοι κἀγὼ πόνου·
πέμψω γὰρ αὐτῇ δῶρ' ἃ καλλιστεύεται
τῶν νῦν ἐν ἀνθρώποισιν, οἶδ' ἐγώ, πολύ,
[λεπτόν τε πέπλον καὶ πλόκον χρυσήλατον]
παῖδας φέροντας. ἀλλ' ὅσον τάχος χρεὼν 950
κόσμον κομίζειν δεῦρο προσπόλων τινά.
εὐδαιμονήσει δ' οὐχ ἕν, ἀλλὰ μυρία,
ἀνδρός τ' ἀρίστου σοῦ τυχοῦσ' ὁμευνέτου
κεκτημένη τε κόσμον ὅν ποθ' Ἥλιος
πατρὸς πατὴρ δίδωσιν ἐκγόνοισιν οἷς. 955
λάζυσθε φερνὰς τάσδε, παῖδες, ἐς χέρας
καὶ τῇ τυράννῳ μακαρίᾳ νύμφῃ δότε
φέροντες· οὔτοι δῶρα μεμπτὰ δέξεται.

ΙΑΣΩΝ

τί δ', ὦ ματαία, τῶνδε σὰς κενοῖς χέρας;
δοκεῖς σπανίζειν δῶμα βασίλειον πέπλων, 960
δοκεῖς δὲ χρυσοῦ; σῷζε, μὴ δίδου τάδε.

JASÃO
Verei se posso persuadir o rei.

MEDEIA
Quem sabe a intervenção de tua esposa
não demova Creon da decisão.

JASÃO
Boa ideia! Sei bem como a convenço.

MEDEIA
Se não difere de outras de seu sexo. 945
Mas não me furto a te prestar auxílio,
pois ela obtém de mim a rutilância
dos donaires: o peplo esvoaçante
(carro-chefe da moda entre as mulheres)
e a grinalda, tecida em ouro. Eudêmone, 950
não é dona de um bem, que os tem inúmeros:
desposa um homem que sopesa tudo,
e o adorno cujo dono foi o Sol,
meu avô, dádiva dos seus, lhe oferto.
Que um servo apanhe o cosmos dos adornos! 955

[Aos filhos]

Toda atenção, meninos, ao levardes
a joia nada pífia à noiva altiva,
meu brinde ao vínculo que se anuncia!

JASÃO
Tola, por que frustrar tuas mãos de dons?
Imaginas que ao paço faltem peplos, 960
ouro? Mantém contigo teus adornos!

εἴπερ γὰρ ἡμᾶς ἀξιοῖ λόγου τινὸς
γυνή, προθήσει χρημάτων, σάφ' οἶδ' ἐγώ.

ΜΗΔΕΙΑ

μή μοι σύ· πείθειν δῶρα καὶ θεοὺς λόγος·
χρυσὸς δὲ κρείσσων μυρίων λόγων βροτοῖς. 965
κείνης ὁ δαίμων, κεῖνα νῦν αὔξει θεός,
νέα τυραννεῖ· τῶν δ' ἐμῶν παίδων φυγὰς
ψυχῆς ἂν ἀλλαξαίμεθ', οὐ χρυσοῦ μόνον.
  ἀλλ', ὦ τέκν', εἰσελθόντε πλουσίους δόμους
πατρὸς νέαν γυναῖκα, δεσπότιν δ' ἐμήν, 970
ἱκετεύετ', ἐξαιτεῖσθε μὴ φεύγειν χθόνα,
κόσμον διδόντες, τοῦδε γὰρ μάλιστα δεῖ,
ἐς χεῖρ' ἐκείνην δῶρα δέξασθαι τάδε.
  ἴθ' ὡς τάχιστα· μητρὶ δ' ὧν ἐρᾷ τυχεῖν
εὐάγγελοι γένοισθε πράξαντες καλῶς. 975

ΧΟΡΟΣ

νῦν ἐλπίδες οὐκέτι μοι παίδων ζόας, Estr. 1
οὐκέτι· στείχουσι γὰρ ἐς φόνον ἤδη.
δέξεται νύμφα χρυσέων ἀναδεσμῶν
δέξεται δύστανος ἄταν·
ξανθᾷ δ' ἀμφὶ κόμᾳ θήσει τὸν Ἅιδα 980
κόσμον αὐτὰ χεροῖν. [λαβοῦσα].

πείσει χάρις ἀμβρόσιός τ' αὐγὰ πέπλον Ant. 1
χρυσότευκτόν τε στέφανον περιθέσθαι·
νερτέροις δ' ἤδη πάρα νυμφοκομήσει. 985

Se a noiva me reserva alguma estima
é por querer-me mais do que ao metal.

MEDEIA

Erras: dons dobram deuses.[42] Ouro vale
mais à gente que um rol de boas razões.
Tem boa estrela: um nume agigantou
a neoprincesa. A vida empenharia
e ouro para poupar do exílio um filho.
Entrai no lar dos plutocratas, filhos,
pedi à noiva de Jasão a reversão da decisão que vos desterra,
dando-lhe o cosmos dos adornos. Eis
o capital: que suas mãos os colham!
Rápido! E, no retorno, anunciai
o cumprimento, anjos, do meu sonho!

[Saem Jasão, o servo com os presentes e os filhos]

CORO

Deixei de crer na vida dos meninos.   Estr. 1
Deixei de crer: a via é do assassínio.
Nas mãos da noiva o diadema de ouro;
em suas mãos — tristeza! — a ruína.
Depõe no louro dos cabelos
um cosmos, adorno do averno.

Sucumbe ao sutil, ao brilho ambrosíaco,   Ant. 1
e veste o véu, a gala da guirlanda,
e entre sombras a noiva se emaranha.

---

[42] Dito popular presente também na *República*, III, 390e, e no *Alcibíades*, II, 149e.

τοῖον εἰς ἕρκος πεσεῖται
καὶ μοῖραν θανάτου δύστανος· ἄταν δ᾽
οὐχ ὑπεκφεύξεται. 990

σὺ δ᾽, ὦ τάλαν, ὦ κακόνυμφε κηδεμὼν τυράννων, Estr. 2
παισὶν οὐ κατειδὼς
ὄλεθρον βιοτᾷ προσάγεις ἀλόχῳ
τε σᾷ στυγερὸν θάνατον.
δύστανε, μοίρας ὅσον παροίχῃ. 995

μεταστένομαι δὲ σὸν ἄλγος, ὦ τάλαινα παίδων Ant. 2
μᾶτερ, ἃ φονεύσεις
τέκνα νυμφιδίων ἕνεκεν λεχέων,
ἅ σοι προλιπὼν ἀνόμως 1.000
ἄλλᾳ ξυνοικεῖ πόσις συνεύνῳ.

ΠΑΙΔΑΓΩΓΟΣ
δέσποιν᾽, ἀφεῖνται παῖδες οἵδε σοι φυγῆς,
καὶ δῶρα νύμφη βασιλὶς ἀσμένη χεροῖν
ἐδέξατ᾽· εἰρήνη δὲ τἀκεῖθεν τέκνοις.
ἔα·
τί συγχυθεῖσ᾽ ἕστηκας ἡνίκ᾽ εὐτυχεῖς; 1.005
[τί σὴν ἔτρεψας ἔμπαλιν παρηίδα
κοὐκ ἀσμένη τόνδ᾽ ἐξ ἐμοῦ δέχῃ λόγον;]

ΜΗΔΕΙΑ
αἰαῖ.

ΠΑΙΔΑΓΩΓΟΣ
τάδ᾽ οὐ ξυνῳδὰ τοῖσιν ἐξηγγελμένοις.

A triste se entrama e tomba
na sina sinistra. De *ate*, a ruína,
não escapas.

Nulo noivo, elo torvo   Estr. 2
com reis,
aos filhos conduzes, sem sabê-lo,
a vida esvaída,
tânatos tétrico à esposa!
Imenso o recuo da moira!

Lamento a tua dor, ó miseranda mãe!   Ant. 2
Matarás os meninos
por nódoa em teu nicho.
Malogra a lei: o marido a troca
por mulher de outro logradouro!

PEDAGOGO
O desterro não mais ameaça a dupla,
e os presentes, a noiva satisfeita
os recolheu. Há paz para os meninos.
Ei!
Desde quando o sucesso anuvia?
Por que desviar o rosto,
soçobrar à notícia?

MEDEIA
Ai!

PEDAGOGO
Reages com tristeza à novidade?

ΜΗΔΕΙΑ
αἰαῖ μάλ' αὖθις.

ΠΑΙΔΑΓΩΓΟΣ
μῶν τιν' ἀγγέλλων τύχην
οὐκ οἶδα, δόξης δ' ἐσφάλην εὐαγγέλου;   1.010

ΜΗΔΕΙΑ
ἤγγειλας οἷ' ἤγγειλας· οὐ σὲ μέμφομαι.

ΠΑΙΔΑΓΩΓΟΣ
τί δαὶ κατηφεῖς ὄμμα καὶ δακρυρροεῖς;

ΜΗΔΕΙΑ
πολλή μ' ἀνάγκη, πρέσβυ· ταῦτα γὰρ θεοὶ
κἀγὼ κακῶς φρονοῦσ' ἐμηχανησάμην.

ΠΑΙΔΑΓΩΓΟΣ
θάρσει· κάτει τοι καὶ σὺ πρὸς τέκνων ἔτι.   1.015

ΜΗΔΕΙΑ
ἄλλους κατάξω πρόσθεν ἡ τάλαιν' ἐγώ.

ΠΑΙΔΑΓΩΓΟΣ
οὔτοι μόνη σὺ σῶν ἀπεζύγης τέκνων·
κούφως φέρειν χρὴ θνητὸν ὄντα συμφοράς.

ΜΗΔΕΙΑ
δράσω τάδ'. ἀλλὰ βαῖνε δωμάτων ἔσω
καὶ παισὶ πόρσυν' οἷα χρὴ καθ' ἡμέραν.   1.020
    ὦ τέκνα τέκνα, σφῷν μὲν ἔστι δὴ πόλις
καὶ δῶμ', ἐν ᾧ, λιπόντες ἀθλίαν ἐμέ,

MEDEIA
Ai!

PEDAGOGO
   Do revés sou núncio involuntário?
Erro? Trago notícias negativas?   1.010

MEDEIA
Mensagens são mensagens. Não te inculpo.

PEDAGOGO
Por que declinas o olho raso d'água?

MEDEIA
Não é por mero acaso. Calculando
errado, deflagrei (e os deuses) isso.

PEDAGOGO
Teus filhos hão de propiciar tua volta!   1.015

MEDEIA
Esta infeliz guiará outros abaixo.

PEDAGOGO
Das mães os filhos se desencabrestam.
É do homem suportar sensaboria.

MEDEIA
Não me furto ao destino; cuida que ambos
aufiram o que o dia-a-dia dite.   1.020
De morada e cidade, filhos, não
carecerá nenhum dos dois, ausente

οἰκήσετ' αἰεὶ μητρὸς ἐστερημένοι·
ἐγὼ δ' ἐς ἄλλην γαῖαν εἶμι δὴ φυγάς,
πρὶν σφῷν ὀνάσθαι κἀπιδεῖν εὐδαίμονας, 1.025
πρὶν λέκτρα καὶ γυναῖκα καὶ γαμηλίους
εὐνὰς ἀγῆλαι λαμπάδας τ' ἀνασχεθεῖν.
ὦ δυστάλαινα τῆς ἐμῆς αὐθαδίας.
ἄλλως ἄρ' ὑμᾶς, ὦ τέκν', ἐξεθρεψάμην,
ἄλλως δ' ἐμόχθουν καὶ κατεξάνθην πόνοις, 1.030
στερρὰς ἐνεγκοῦσ' ἐν τόκοις ἀλγηδόνας.
ἦ μήν ποθ' ἡ δύστηνος εἶχον ἐλπίδας
πολλὰς ἐν ὑμῖν, γηροβοσκήσειν τ' ἐμὲ
καὶ κατθανοῦσαν χερσὶν εὖ περιστελεῖν,
ζηλωτὸν ἀνθρώποισι· νῦν δ' ὄλωλε δὴ 1.035
γλυκεῖα φροντίς. σφῷν γὰρ ἐστερημένη
λυπρὸν διάξω βίοτον ἀλγεινόν τ' ἐμοί.
ὑμεῖς δὲ μητέρ' οὐκέτ' ὄμμασιν φίλοις
ὄψεσθ', ἐς ἄλλο σχῆμ' ἀποστάντες βίου.
    φεῦ φεῦ· τί προσδέρκεσθέ μ' ὄμμασιν, τέκνα; 1.040
τί προσγελᾶτε τὸν πανύστατον γέλων;
αἰαῖ· τί δράσω; καρδία γὰρ οἴχεται,
γυναῖκες, ὄμμα φαιδρὸν ὡς εἶδον τέκνων.
οὐκ ἂν δυναίμην· χαιρέτω βουλεύματα
τὰ πρόσθεν· ἄξω παῖδας ἐκ γαίας ἐμούς. 1.045
τί δεῖ με πατέρα τῶνδε τοῖς τούτων κακοῖς
λυποῦσαν αὐτὴν δὶς τόσα κτᾶσθαι κακά;
οὐ δῆτ' ἔγωγε· χαιρέτω βουλεύματα.
    καίτοι τί πάσχω; βούλομαι γέλωτ' ὀφλεῖν
ἐχθροὺς μεθεῖσα τοὺς ἐμοὺς ἀζημίους; 1.050
τολμητέον τάδ'. ἀλλὰ τῆς ἐμῆς κάκης,
τὸ καὶ προσέσθαι μαλθακοὺς λόγους φρενί.
χωρεῖτε, παῖδες, ἐς δόμους. ὅτῳ δὲ μὴ
θέμις παρεῖναι τοῖς ἐμοῖσι θύμασιν,

a mãe, após o adeus carpido. Vou-me,
andarilha de incertas geografias,
frustrânea na visão do regozijo,   1.025
sem lhes doar adorno para o leito
nupcial, sem soerguer a tocha ao céu.
Quanta soberba a deste ser transido!
Nada valeu, meninos, meu empenho,
nada valeu sofrer as convulsões   1.030
doloridíssimas do parto. Sonhos
inúteis que nutri ao vislumbrar
nas crias meu amparo na velhice,
apuro em ritos funerários — ápice
do que pode sonhar quem vive! Ai!   1.035
Morreu-me o doce plano sem os dois,
resta a amargura, resta o dissabor,
sequestrados de mim os olhos rútilos,
distantes noutra forma de viver.
Por que cravar em mim o esgar ambíguo?   1.040
Por que sorrir-me o derradeiro riso?
O que farei? Sucumbe o coração
ao brilho do semblante dos garotos.
Mulheres, titubeio! Os planos pe-
riclitam! Vou-me, mas com meus dois filhos!   1.045
Prejudicar crianças em prejuízo
do pai não dobra o mal? Fará sentido?
Comigo não: adeus, projetos árduos!
O que se passa em mim? Aceitarei
o escárnio de inimigos impunidos?   1.050
Que infâmia ouvir de mim reclamos típicos
de gente frouxa! Ao rasgo de ousadia!
Para dentro, meninos! Se a lei veta
a presença de alguém no sacrifício,

αὐτῷ μελήσει· χεῖρα δ' οὐ διαφθερῶ. 1.055
ἆ ἆ.
μὴ δῆτα, θυμέ, μὴ σύ γ' ἐργάσῃ τάδε·
ἔασον αὐτούς, ὦ τάλαν, φεῖσαι τέκνων·
ἐκεῖ μεθ' ἡμῶν ζῶντες εὐφρανοῦσί σε.
μὰ τοὺς παρ' Ἅιδῃ νερτέρους ἀλάστορας,
οὔτοι ποτ' ἔσται τοῦθ' ὅπως ἐχθροῖς ἐγὼ 1.060
παῖδας παρήσω τοὺς ἐμοὺς καθυβρίσαι.
[πάντως σφ' ἀνάγκη κατθανεῖν· ἐπεὶ δὲ χρή,
ἡμεῖς κτενοῦμεν οἵπερ ἐξεφύσαμεν.]
πάντως πέπρακται ταῦτα κοὐκ ἐκφεύξεται.
καὶ δὴ 'πὶ κρατὶ στέφανος, ἐν πέπλοισι δὲ 1.065
νύμφη τύραννος ὄλλυται, σάφ' οἶδ' ἐγώ.
ἀλλ', εἶμι γὰρ δὴ τλημονεστάτην ὁδόν,
καὶ τούσδε πέμψω τλημονεστέραν ἔτι,
παῖδας προσειπεῖν βούλομαι· δότ', ὦ τέκνα,
δότ' ἀσπάσασθαι μητρὶ δεξιὰν χέρα. 1.070
ὦ φιλτάτη χείρ, φίλτατον δέ μοι στόμα
καὶ σχῆμα καὶ πρόσωπον εὐγενὲς τέκνων,
εὐδαιμονοῖτον, ἀλλ' ἐκεῖ· τὰ δ' ἐνθάδε
πατὴρ ἀφείλετ'. ὦ γλυκεῖα προσβολή,
ὦ μαλθακὸς χρὼς πνεῦμά θ' ἥδιστον τέκνων. 1.075
χωρεῖτε χωρεῖτ'· οὐκέτ' εἰμὶ προσβλέπειν
οἵα τε †πρὸς ὑμᾶς†, ἀλλὰ νικῶμαι κακοῖς.
καὶ μανθάνω μὲν οἷα δρᾶν μέλλω κακά,
θυμὸς δὲ κρείσσων τῶν ἐμῶν βουλευμάτων,
ὅσπερ μεγίστων αἴτιος κακῶν βροτοῖς. 1.080

não é problema meu. O pulso agita-se. 1.055
Ai!
Deixa de agir assim, ó coração!
Não queiras, infeliz, punir os filhos!
No exílio, o bem se aloja em nosso espírito.
Ó vingadores do ínfero, *alástores*!
Está para nascer alguém que agrida 1.060
um filho meu! Se *ananke*, o necessário,
impõe sua lei indesviável, nós
daremos fim em quem geramos. Não
existe escapatória ao prefixado.
Coroada, a noiva vestirá a túnica 1.065
— eis algo certo — e a túnica a aniquila!
Como a senda a que vou é sinistríssima
e lhes destino via mais sinistra,
desejo lhes falar: deixai, meninos,
que a mãe estreite a mão direita de ambos! 1.070
Quanto amor pela curva desses lábios,
quanto amor pelo garbo, porte e braços!
Felicidades lá, que aqui o pai
vos sonegou o regozijo! Doce
abraço, rija tez, arfar de brisa! 1.075
Dobrou-me o mal, mirar os dois não é
possível: ide, entrai! Não é que ignore
a horripilância do que perfarei,[43]
mas a emoção derrota raciocínios
e é causa dos mais graves malefícios. 1.080

---

[43] Para alguns comentadores, haveria neste verso menção à doutrina socrática, mais especificamente à afirmação de que nenhum homem pratica o mal conscientemente. Ver posfácio, pp. 172-3.

ΧΟΡΟΣ
πολλάκις ἤδη
διὰ λεπτοτέρων μύθων ἔμολον
καὶ πρὸς ἁμίλλας ἦλθον μείζους
ἢ χρὴ γενεὰν θῆλυν ἐρευνᾶν·
ἀλλὰ γὰρ ἔστιν μοῦσα καὶ ἡμῖν, 1.085
ἣ προσομιλεῖ σοφίας ἕνεκεν,
πάσαισι μὲν οὔ· παῦρον δέ τι δὴ
γένος ἐν πολλαῖς εὕροις ἂν ἴσως
    οὐκ ἀπόμουσον τὸ γυναικῶν.
καί φημι βροτῶν οἵτινές εἰσιν 1.090
πάμπαν ἄπειροι μηδ' ἐφύτευσαν
παῖδας, προφέρειν εἰς εὐτυχίαν
τῶν γειναμένων.
οἱ μὲν ἄτεκνοι δι' ἀπειροσύνην
εἴθ' ἡδὺ βροτοῖς εἴτ' ἀνιαρὸν 1.095
παῖδες τελέθουσ' οὐχὶ τυχόντες
    πολλῶν μόχθων ἀπέχονται·
οἷσι δὲ τέκνων ἔστιν ἐν οἴκοις
γλυκερὸν βλάστημ', ἐσορῶ μελέτῃ
κατατρυχομένους τὸν ἅπαντα χρόνον, 1.100
πρῶτον μὲν ὅπως θρέψουσι καλῶς
βίοτόν θ' ὁπόθεν λείψουσι τέκνοις·
ἔτι δ' ἐκ τούτων εἴτ' ἐπὶ φλαύροις
εἴτ' ἐπὶ χρηστοῖς
    μοχθοῦσι, τόδ' ἐστὶν ἄδηλον.
ἓν δὲ τὸ πάντων λοίσθιον ἤδη 1.105
πᾶσιν κατερῶ θνητοῖσι κακόν·
καὶ δὴ γὰρ ἅλις βίοτόν θ' ηὗρον

CORO[44]

Em inúmeras ocasiões frequentei
debates não restritos ao círculo das mulheres;
não fui imperita no palavreado sutil.
Reivindico para nós o convívio da musa   1.085
que nos aprimora a ciência,
de uma fração de nós...
Na vasta galeria de tipos femininos,
talvez encontres um exemplário diminuto
que não pareça ser avesso à musa.
Afirmo que o júbilo dos não-procriadores   1.090
supera o da parcela que reproduz.
Os primeiros, solitários de filhos,
ignoram, por não os terem,
se é aprazível ou penoso tê-los,
livres de multiagruras.   1.095
Em domicílios prolíficos de prole,
dou-me conta da desmesura dos cuidados
em que se desdobram:
qual o cardápio da dieta mais balanceada?   1.100
Como poupá-los da fatalidade do risco?
Dedicam-se à gente merecedora?
Sucumbem aos sórdidos?
Eis algo esvaído de certeza.
Um mal tem primazia:
em pleno gozo da vida excessiva,   1.105
o físico aflorou ao ditame de Hebe,
generosidade não lhes faltou,

---

[44] Como escreve Mastronarde, "o que é notável é o contraste entre a angústia e a tensão do monólogo de Medeia e a relativa calma e deslocamento da intervenção coral".

σῶμά τ' ἐς ἥβην ἤλυθε τέκνων
χρηστοί τ' ἐγένοντ'· εἰ δὲ κυρῆσαι
δαίμων οὕτω, φροῦδος ἐς Ἅιδην 1.110
θάνατος προφέρων σώματα τέκνων.
πῶς οὖν λύει πρὸς τοῖς ἄλλοις
τήνδ' ἔτι λύπην ἀνιαροτάτην
παίδων ἕνεκεν
    θνητοῖσι θεοὺς ἐπιβάλλειν; 1.115

ΜΗΔΕΙΑ

φίλαι, πάλαι τοι προσμένουσα τὴν τύχην
καραδοκῶ τἀκεῖθεν οἷ προβήσεται.
καὶ δὴ δέδορκα τόνδε τῶν Ἰάσονος
στείχοντ' ὀπαδῶν· πνεῦμα δ' ἠρεθισμένον
δείκνυσιν ὥς τι καινὸν ἀγγελεῖ κακόν. 1.120

ΑΓΓΕΛΟΣ

ὦ δεινὸν ἔργον παρανόμως εἰργασμένη,
Μήδεια, φεῦγε φεῦγε, μήτε ναΐαν
λιποῦσ' ἀπήνην μήτ' ὄχον πεδοστιβῆ.

ΜΗΔΕΙΑ

τί δ' ἄξιόν μοι τῆσδε τυγχάνει φυγῆς;

ΑΓΓΕΛΟΣ

ὄλωλεν ἡ τύραννος ἀρτίως κόρη 1.125
Κρέων θ' ὁ φύσας φαρμάκων τῶν σῶν ὕπο.

ΜΗΔΕΙΑ

κάλλιστον εἶπας μῦθον, ἐν δ' εὐεργέταις
τὸ λοιπὸν ἤδη καὶ φίλοις ἐμοῖς ἔσῃ.

mas, se acaso a sina o determina,
Hades ou Tânatos   1.110
sequestram corpos infantes.
Haverá algo positivo se,
em acréscimo aos demais,
o revés pesadíssimo
os deuses arrojam contra os homens
na encarnação dos filhos?   1.115

MEDEIA
Inquieta-me, amigas, ignorar
o que sucede lá. Pareço ver
um servo de Jasão, cuja expressão
esbaforida prenuncia algo
gravíssimo que está para contar.   1.120

    [Chega o mensageiro]

MENSAGEIRO
Ó factora de um feito inominável,
foge rápido! Não rejeites carro
marinho, nem, por terra, outro veículo!

MEDEIA
Por que devo partir abruptamente?

MENSAGEIRO
Teus fármacos mataram a princesa   1.125
e seu pai, ex-tirano de Corinto.

MEDEIA
Tal é o dulçor de tuas palavras, que eu
me apresso a te incluir entre os diletos.

ΑΓΓΕΛΟΣ

τί φής; φρονεῖς μὲν ὀρθὰ κού μαίνῃ, γύναι,
ἥτις, τυράννων ἑστίαν ᾐκισμένη, 1.130
χαίρεις κλύουσα κού φοβῇ τὰ τοιάδε;

ΜΗΔΕΙΑ

ἔχω τι κἀγὼ τοῖς γε σοῖς ἐναντίον
λόγοισιν εἰπεῖν· ἀλλὰ μὴ σπέρχου, φίλος,
λέξον δέ· πῶς ὤλοντο; δὶς τόσον γὰρ ἂν
τέρψειας ἡμᾶς, εἰ τεθνᾶσι παγκάκως. 1.135

ΑΓΓΕΛΟΣ

ἐπεὶ τέκνων σῶν ἦλθε δίπτυχος γονὴ
σὺν πατρὶ καὶ παρῆλθε νυμφικοὺς δόμους,
ἥσθημεν οἵπερ σοῖς ἐκάμνομεν κακοῖς
δμῶες· δι' ὤτων δ' εὐθὺς ἦν πολὺς λόγος
σὲ καὶ πόσιν σὸν νεῖκος ἐσπεῖσθαι τὸ πρίν. 1.140
κυνεῖ δ' ὃ μέν τις χεῖρ', ὁ δὲ ξανθὸν κάρα
παίδων· ἐγὼ δὲ καὐτὸς ἡδονῆς ὕπο
στέγας γυναικῶν σὺν τέκνοις ἅμ' ἑσπόμην.
δέσποινα δ' ἣν νῦν ἀντὶ σοῦ θαυμάζομεν,
πρὶν μὲν τέκνων σῶν εἰσιδεῖν ξυνωρίδα, 1.145
πρόθυμον εἶχ' ὀφθαλμὸν εἰς Ἰάσονα·
ἔπειτα μέντοι προυκαλύψατ' ὄμματα
λευκήν τ' ἀπέστρεψ' ἔμπαλιν παρηίδα,

MENSAGEIRO
O quê? Gozas de lucidez? Deliras?
Ris de o solar ruir por tua causa 1.130
tão somente? Não te apavora o caso?

MEDEIA
Me custaria pouco rebater
teus argumentos, mas relata de-
moradamente os últimos suspiros:
o fim funesto aviva-me o prazer. 1.135

MENSAGEIRO[45]
Tão logo os dois meninos ingressaram
na câmara da noiva com o pai,
fâmulos, jubilamos, pois sofríamos
por ti. Muitos rumores davam conta
de que acabara a briga conjugal. 1.140
Alguém beijava a mão, alguém, os cachos
louros da dupla. Mal contive o ardor,
quando os introduzi no gineceu.[46]
E a dama a quem passamos a servir
no teu lugar, mirou Jasão, sem fôlego, 1.145
mas quando viu teus filhos no recinto,
cobriu os olhos e virou o rosto
branco, evitando o ingresso dos garotos.

---

[45] A força expressiva do relato do mensageiro decorre de vários recursos, entre os quais: o uso da primeira pessoa do singular (versos 1.142-3, 1.222, 1.224-5) e da primeira do plural (1.138, 1.203); reprodução da fala de outros personagens (1.151-5, 1.207-10); imagens e comparações (1.187, 1.200, 1.213).

[46] O servo, em estado de júbilo, esquece que o gineceu era um espaço exclusivo das mulheres.

παίδων μυσαχθεῖσ' εἰσόδους· πόσις δὲ σὸς
ὀργάς τ' ἀφῄρει καὶ χόλον νεάνιδος, 1.150
λέγων τάδ'· Οὐ μὴ δυσμενὴς ἔσῃ φίλοις,
παύσῃ δὲ θυμοῦ καὶ πάλιν στρέψεις κάρα,
φίλους νομίζουσ' οὕσπερ ἂν πόσις σέθεν,
δέξῃ δὲ δῶρα καὶ παραιτήσῃ πατρὸς
φυγὰς ἀφεῖναι παισὶ τοῖσδ', ἐμὴν χάριν; 1.155
    ἡ δ', ὡς ἐσεῖδε κόσμον, οὐκ ἠνέσχετο,
ἀλλ' ᾔνεσ' ἀνδρὶ πάντα, καὶ πρὶν ἐκ δόμων
μακρὰν ἀπεῖναι πατέρα καὶ παῖδας σέθεν
λαβοῦσα πέπλους ποικίλους ἠμπέσχετο,
χρυσοῦν τε θεῖσα στέφανον ἀμφὶ βοστρύχοις 1.160
λαμπρῷ κατόπτρῳ σχηματίζεται κόμην,
ἄψυχον εἰκὼ προσγελῶσα σώματος.
κἄπειτ' ἀναστᾶσ' ἐκ θρόνων διέρχεται
στέγας, ἁβρὸν βαίνουσα παλλεύκῳ ποδί,
δώροις ὑπερχαίρουσα, πολλὰ πολλάκις 1.165
τένοντ' ἐς ὀρθὸν ὄμμασι σκοπουμένη.
τοὐνθένδε μέντοι δεινὸν ἦν θέαμ' ἰδεῖν·
χροιὰν γὰρ ἀλλάξασα λεχρία πάλιν
χωρεῖ τρέμουσα κῶλα καὶ μόλις φθάνει
θρόνοισιν ἐμπεσοῦσα μὴ χαμαὶ πεσεῖν. 1.170
καί τις γεραιὰ προσπόλων, δόξασά που
ἢ Πανὸς ὀργὰς ἤ τινος θεῶν μολεῖν,
ἀνωλόλυξε, πρίν γ' ὁρᾷ διὰ στόμα
χωροῦντα λευκὸν ἀφρόν, ὀμμάτων τ' ἄπο
κόρας στρέφουσαν, αἷμά τ' οὐκ ἐνὸν χροΐ· 1.175

Jasão achou por bem mudar o mau
humor da noiva contrariada: "Evita   1.150
hostilizar amigos e não volvas
teu semblante! Não tenhas desamor
por quem o teu marido tem amor!
Aceita essas relíquias, pede ao rei
a revisão de seu edito exílico!".   1.155
Ao contemplar o luxo, convenceu-se
a conceder o que Jasão pedisse,
e, antes de o grupo se ausentar, tomou
da túnica ofuscante e a vestiu;
depôs nas tranças o ouro da guirlanda;   1.160
devolveu, ao espelho, os fios rebeldes;
exânime de si, sorriu ao ícone.[47]
Não mais no trono, cômodo após cômodo,
equilibrava os pés de tom alvíssimo,
sumamente radiosa com os rútilos,   1.165
fixada em si às vezes, toda ereta.
Eis senão quando armou-se a cena tétrica:
sua cor descora; trêmula, de esguelha
retrocedia; prestes a cair
no chão, encontra apoio no espaldar.   1.170
Supondo-a possuída por um nume,
quem sabe Pã, a velha escrava urrou
antes de ver jorrar da boca o visgo
leitoso, o giro da pupila prestes
a escapulir, palor na tez. A anciã   1.175

---

[47] O verso original destaca-se pela ambiguidade, antecipando, na imagem "sem vida" no espelho, a morte da princesa: ἄψυχον εἰκὼ προσγελῶσα σώματος, "sorrindo à imagem sem vida de seu corpo". Para comentários adicionais, ver posfácio.

εἶτ' ἀντίμολπον ἧκεν ὀλολυγῆς μέγαν
κωκυτόν. εὐθὺς δ' ἢ μὲν ἐς πατρὸς δόμους
ὥρμησεν, ἢ δὲ πρὸς τὸν ἀρτίως πόσιν,
φράσουσα νύμφης συμφοράν· ἅπασα δὲ
στέγη πυκνοῖσιν ἐκτύπει δραμήμασιν. 1.180
    ἤδη δ' †ἀνέλκων† κῶλον ἐκπλέθρου δρόμου
ταχὺς βαδιστὴς τερμόνων †ἀνθήπτετο†·
ἢ δ' ἐξ ἀναύδου καὶ μύσαντος ὄμματος
δεινὸν στενάξασ' ἡ τάλαιν' ἠγείρετο.
διπλοῦν γὰρ αὐτῇ πῆμ' ἐπεστρατεύετο· 1.185
χρυσοῦς μὲν ἀμφὶ κρατὶ κείμενος πλόκος
θαυμαστὸν ἵει νᾶμα παμφάγου πυρός,
πέπλοι δὲ λεπτοί, σῶν τέκνων δωρήματα,
λευκὴν ἔδαπτον σάρκα τῆς δυσδαίμονος.
φεύγει δ' ἀναστᾶσ' ἐκ θρόνων πυρουμένη, 1.190
σείουσα χαίτην κρᾶτά τ' ἄλλοτ' ἄλλοσε,
ῥῖψαι θέλουσα στέφανον· ἀλλ' ἀραρότως
σύνδεσμα χρυσὸς εἶχε, πῦρ δ', ἐπεὶ κόμην
ἔσεισε, μᾶλλον δὶς τόσως ἐλάμπετο.
πίτνει δ' ἐς οὖδας συμφορᾷ νικωμένη, 1.195
πλὴν τῷ τεκόντι κάρτα δυσμαθὴς ἰδεῖν·
οὔτ' ὀμμάτων γὰρ δῆλος ἦν κατάστασις
οὔτ' εὐφυὲς πρόσωπον, αἷμα δ' ἐξ ἄκρου
ἔσταζε κρατὸς συμπεφυρμένον πυρί,
σάρκες δ' ἀπ' ὀστέων ὥστε πεύκινον δάκρυ 1.200
γναθμοῖς ἀδήλοις φαρμάκων ἀπέρρεον,
δεινὸν θέαμα· πᾶσι δ' ἦν φόβος θιγεῖν
νεκροῦ· τύχην γὰρ εἴχομεν διδάσκαλον.
    πατὴρ δ' ὁ τλήμων συμφορᾶς ἀγνωσίᾳ
ἄφνω παρελθὼν δῶμα προσπίτνει νεκρῷ· 1.205
ᾤμωξε δ' εὐθύς, καὶ περιπτύξας χέρας
κυνεῖ προσαυδῶν τοιάδ'· Ὦ δύστηνε παῖ,

delonga o estrídulo num contracanto;
à morada do pai corre uma ancila,
enquanto alguém do grupo busca o cônjuge,
para deixá-lo a par do acontecido.
No paço ecoa a rapidez dos passos.   1.180
Um viajor ligeiro, alçando a perna,
já atingiria a meta ao fim do estádio;
assim o triste ser gemente abria
os olhos no retorno do silêncio.
Duplica-se o penar de sua investida,   1.185
pois o ouro do diadema sobre a testa
em fogo panvoraz se liquefaz;
o peplo lindo, oferta dos meninos,
roía a carne branca da desdêmona.
Pula do assento, foge em labaredas,   1.190
no agito das melenas: quer tirar
a guirlanda, mas o ouro se enraíza
e o fogaréu, assim que ela revolve
a cabeleira, dobra o luzidio.
Quem reconheceria o ser rendido   1.195
ao chão, exceto o rei Creon, seu pai?
Nem a forma dos olhos era clara,
nem os traços do rosto; seus cabelos
vertiam fogo rubro gota a gota.
Oculto, o fármaco remorde e afasta   1.200
carne e osso, qual pinho lacrimoso.
Cena soez! Ninguém de medo toca
em quem jazia: o azar é um professor.
E o pobre pai, ingênuo da catástrofe,
aproxima-se e cai sobre o cadáver;   1.205
abraça a filha aos prantos, com a voz
sustida pelos beijos: "Filha minha,

τίς σ' ὧδ' ἀτίμως δαιμόνων ἀπώλεσε;
τίς τὸν γέροντα τύμβον ὀρφανὸν σέθεν
τίθησιν; οἴμοι, συνθάνοιμί σοι, τέκνον. 1.210
ἐπεὶ δὲ θρήνων καὶ γόων ἐπαύσατο,
χρῄζων γεραιὸν ἐξαναστῆσαι δέμας
προσείχεθ' ὥστε κισσὸς ἔρνεσιν δάφνης
λεπτοῖσι πέπλοις, δεινὰ δ' ἦν παλαίσματα·
ὃ μὲν γὰρ ἤθελ' ἐξαναστῆσαι γόνυ, 1.215
ἣ δ' ἀντελάζυτ'. εἰ δὲ πρὸς βίαν ἄγοι,
σάρκας γεραιὰς ἐσπάρασσ' ἀπ' ὀστέων.
χρόνῳ δ' ἀπέσβη καὶ μεθῆχ' ὁ δύσμορος
ψυχήν· κακοῦ γὰρ οὐκέτ' ἦν ὑπέρτερος.
κεῖνται δὲ νεκροὶ παῖς τε καὶ γέρων πατὴρ 1.220
πέλας, ποθεινὴ δακρύοισι συμφορά.
  καί μοι τὸ μὲν σὸν ἐκποδὼν ἔστω λόγου·
γνώσῃ γὰρ αὐτὴ ζημίας ἀποστροφήν.
τὰ θνητὰ δ' οὐ νῦν πρῶτον ἡγοῦμαι σκιάν,
οὐδ' ἂν τρέσας εἴποιμι τοὺς σοφοὺς βροτῶν 1.225
δοκοῦντας εἶναι καὶ μεριμνητὰς λόγων
τούτους μεγίστην μωρίαν ὀφλισκάνειν.
θνητῶν γὰρ οὐδείς ἐστιν εὐδαίμων ἀνήρ·
ὄλβου δ' ἐπιρρυέντος εὐτυχέστερος
ἄλλου γένοιτ' ἂν ἄλλος, εὐδαίμων δ' ἂν οὔ. 1.230

ΧΟΡΟΣ
ἔοιχ' ὁ δαίμων πολλὰ τῇδ' ἐν ἡμέρᾳ
κακὰ ξυνάπτειν ἐνδίκως Ἰάσονι.
[ὦ τλῆμον, ὥς σου συμφορὰς οἰκτίρομεν,
κόρη Κρέοντος, ἥτις εἰς Ἅιδου δόμους
οἴχῃ γάμων ἕκατι τῶν Ἰάσονος.] 1.235

que demônio infame te matou?
Que dâimon te privou da tumba rota
que envelopa teu pai? Quero ir contigo!". 1.210
Num lapso de soluços e reclamos,
quis soerguer o corpo anoso, mas,
hera presa em ramagens do loureiro,
a túnica o retinha. Dura pugna:
lutava para contrair o joelho, 1.215
a filha o impedia. Dava um tranco,
dos ossos a carniça encarquilhada
se despregava. O pobre cede a vida,
aquém do poderio daquela praga.
Cadáveres jaziam lado a lado, 1.220
catástrofe nutriz de um mar de lágrimas.
Excluo do meu discurso o teu quinhão,
cuja pena tu mesma hás de saber.
Mais uma vez constato que a proeza
humana é sombra, e afirmo sem temor 1.225
de errar que o homem que se arroga sábio,
bom no palavreado, sofre ao máximo:
não é da esfera humana ser feliz.
Se o ouro aflui, alguém será mais bem-
-aventurado que outro, não feliz. 1.230

[Sai o mensageiro]

CORO

Um deus ditou — se me parece — o acúmulo
de males num só dia contra o cônjuge
Nos cala fundo o teu desastre, moça
que esvai pelo declive à casa de Hades
por contrair as núpcias com Jasão! 1.235

ΜΗΔΕΙΑ

φίλαι, δέδοκται τοὔργον ὡς τάχιστά μοι
παῖδας κτανούσῃ τῆσδ' ἀφορμᾶσθαι χθονός,
καὶ μὴ σχολὴν ἄγουσαν ἐκδοῦναι τέκνα
ἄλλῃ φονεῦσαι δυσμενεστέρᾳ χερί.
πάντως σφ' ἀνάγκη κατθανεῖν· ἐπεὶ δὲ χρή,   1.240
ἡμεῖς κτενοῦμεν, οἵπερ ἐξεφύσαμεν.
ἀλλ' εἶ' ὁπλίζου, καρδία. τί μέλλομεν
τὰ δεινὰ κἀναγκαῖα μὴ πράσσειν κακά;
ἄγ', ὦ τάλαινα χεὶρ ἐμή, λαβὲ ξίφος,
λάβ', ἕρπε πρὸς βαλβῖδα λυπηρὰν βίου,   1.245
καὶ μὴ κακισθῇς μηδ' ἀναμνησθῇς τέκνων,
ὡς φίλταθ', ὡς ἔτικτες· ἀλλὰ τήνδε γε
λαθοῦ βραχεῖαν ἡμέραν παίδων σέθεν,
κἄπειτα θρήνει· καὶ γὰρ εἰ κτενεῖς σφ', ὅμως
φίλοι γ' ἔφυσαν· δυστυχὴς δ' ἐγὼ γυνή.   1.250

ΧΟΡΟΣ

ἰὼ Γᾶ τε καὶ παμφαὴς   Estr. 1
ἀκτὶς Ἀελίου, κατίδετ' ἴδετε τὰν
ὀλομέναν γυναῖκα, πρὶν φοινίαν
τέκνοις προσβαλεῖν χέρ' αὐτοκτόνον·
  †σᾶς γὰρ ἀπὸ χρυσέας γονᾶς   1.255
  ἔβλαστεν, θεοῦ δ' αἷμά τι πίτνειν†
φόβος ὑπ' ἀνέρων.
ἀλλά νιν, ὦ φάος διογενές, κάτειρ-

MEDEIA

Está traçado, amigas: mato os filhos
e apresso a fuga. Não existe um ser
— um ser somente! — que suporte ver
o braço bruto sobre os seus. Não tardo:
o fim dos dois se impõe e a mãe os mata, 1.240
se é isso o que há de ser. Ó coração-
-hoplita, descumprir esse ato horrível,
se *ananke*, o imperativo, o dita? Empunha,
mórbida mão, o gládio, e mira o triste
umbral de tânatos! Deslembra o amor 1.245
de mãe, não te apequenes! Na jornada
brevíssima de um dia, não te atenhas
ao fato de que deles és a origem,
posterga tuas lágrimas! Amaste
quem dizimas. Funesta a moira mesta. 1.250

[*Medeia entra no palácio*]

CORO

Ó Terra, ó rútilo pleniluz de Hélio-Sol, Estr. 1
vislumbrai, abaixo vislumbrai
a pobre mulher, antes que soerga o braço
cruel, algoz de filhos!
Descende de tua estirpe dourada;[48] 1.255
apavora que homens provoquem a queda
de sangue divino.
Luzeiro ilustre, impede-a, retém-na,

---

[48] Os filhos de Medeia são descendentes do Sol.

γε κατάπαυσον, ἔξελ' οἴκων τάλαιναν
φονίαν τ' Ἐρινὺν ὑπαλάστορον. 1.260

μάταν μόχθος ἔρρει τέκνων, Ant. 1
μάταν ἄρα γένος φίλιον ἔτεκες, ὦ
κυανεᾶν λιποῦσα Συμπληγάδων
πετρᾶν ἀξενωτάταν ἐσβολάν;
†δειλαία, τί σοι φρενῶν βαρὺς 1.265
χόλος προσπίτνει καὶ δυσμενὴς†
φόνος ἀμείβεται;
χαλεπὰ γὰρ βροτοῖς ὁμογενῆ μιά-
σματ' ἐπὶ γαῖαν, αὐτοφόνταις ξυνῷ
δὰ θεόθεν πίτνοντ' ἐπὶ δόμοις ἄχη. 1.270

ΠΑΙΔΕΣ

αἰαῖ.

ΧΟΡΟΣ

ἀκούεις βοὰν ἀκούεις τέκνων; Estr. 2
ἰὼ τλᾶμον, ὦ κακοτυχὲς γύναι.

ΠΑΙΔΕΣ

— οἴμοι, τί δράσω; ποῖ φύγω μητρὸς χέρας;
— οὐκ οἶδ', ἀδελφὲ φίλτατ'· ὀλλύμεσθα γάρ.

ΧΟΡΟΣ

παρέλθω δόμους; ἀρῆξαι φόνον 1.275
δοκεῖ μοι τέκνοις.

expulsa da morada a Erínia rubra, mísera
enviada de *alástores*, os vingadores!⁴⁹   1.260

De que valeu penar pela prole,   Ant. 1
de que valeu gerar meninos benquistos,
deixada para trás a embocadura
pétrea, inóspita, cerúlea das Simplégades?
Por que o peso da cólera tomba
em tua ânima   1.265
na tétrica permutação de delitos?
O miasma dos parentes sobre a terra é insuportável,
dores ecoando nos automatadores, precípites
no logradouro,
originários dos imperecíveis.   1.270

[O coro se aproxima do palácio e escuta]

FILHOS (*dentro*)
Ai!

CORO
Ouves o grito, escutas os meninos?   Estr. 2
Ai, infeliz, soturna é a tua sorte!

FILHOS
— O que fazer? Como fugir da mão da mãe?
— Não sei, querido irmão! Nós sucumbimos!

CORO
Entro no paço e impeço   1.275
o assassinato dos meninos?

---

[49] Gênios vingadores que acompanham as Erínias, já citados.

ΠΑΙΔΕΣ
— ναί, πρὸς θεῶν, ἀρήξατ'· ἐν δέοντι γάρ.
— ὡς ἐγγὺς ἤδη γ' ἐσμὲν ἀρκύων ξίφους.

ΧΟΡΟΣ
τάλαιν', ὡς ἄρ' ἦσθα πέτρος ἢ σίδα-
ρος, ἅτις τέκνων 1.280
ὃν ἔτεκες ἄροτον αὐτόχειρι μοίρᾳ κτενεῖς.

μίαν δὴ κλύω μίαν τῶν πάρος   Ant. 2
γυναῖκ' ἐν φίλοις χέρα βαλεῖν τέκνοις·
Ἰνὼ μανεῖσαν ἐκ θεῶν, ὅθ' ἡ Διὸς
δάμαρ νιν ἐξέπεμψε δωμάτων ἄλῃ· 1.285
    πίτνει δ' ἀ τάλαιν' ἐς ἅλμαν φόνῳ
    τέκνων δυσσεβεῖ,
ἀκτῆς ὑπερτείνασα ποντίας πόδα,
δυοῖν τε παίδοιν ξυνθανοῦσ' ἀπόλλυται.
    τί δῆτ' οὐ γένοιτ' ἂν ἔτι δεινόν; ὦ 1.290
    γυναικῶν λέχος
πολύπονον, ὅσα βροτοῖς ἔρεξας ἤδη κακά.

FILHOS
— Sim, pelos deuses, impedi! Agora!
— O ardil da lança nos acerta!

CORO
Pedra ou ferro serás
para tolher da moira 1.280
brotos que afloram de ti mesma?

Uma mulher apenas, ao que me consta, Ant. 2
uma única!,
alçou os braços contra os filhos:
Ino, que os numes obnubilam, 1.285
quando Hera a expede, errática, do solar olímpio.[50]
Trucidar as crias
custou à cruel a imersão em águas salinas —
pé sobrepenso em penha marinha:
sucumbe a matadora dos dois meninos!
Algo horroriza mais?
Multipenoso leito feminino, 1.290
frutuosa fonte de revés à vida!

[Chega Jasão]

---

[50] Eurípides parece adotar uma versão menos conhecida do mito, segundo a qual Ino (filha de Cadmo) teria matado os dois filhos e se lançado ao mar. De acordo com a versão mais recorrente, um de seus filhos, Learco, teria sido morto pelo pai, Atamante, e Ino teria se jogado ao mar com o outro filho, Melicerte. A insensatez de Ino teria sido provocada por Hera, enfurecida com o fato de a personagem ter acolhido como filho Dioniso, filho de Zeus e de Semele (irmã de Ino).

ΙΑΣΩΝ

γυναῖκες, αἳ τῆσδ' ἐγγὺς ἕστατε στέγης,
ἆρ' ἐν δόμοισιν ἡ τὰ δείν' εἰργασμένη
Μήδεια τοῖσδ' ἔτ', ἢ μεθέστηκεν φυγῇ; 1.295
δεῖ γάρ νιν ἤτοι γῆς γε κρυφθῆναι κάτω,
ἢ πτηνὸν ἆραι σῶμ' ἐς αἰθέρος βάθος,
εἰ μὴ τυράννων δώμασιν δώσει δίκην·
πέποιθ' ἀποκτείνασα κοιράνους χθονὸς
ἀθῷος αὐτὴ τῶνδε φεύξεσθαι δόμων; 1.300
ἀλλ' οὐ γὰρ αὐτῆς φροντίδ' ὡς τέκνων ἔχω·
κείνην μὲν οὓς ἔδρασεν ἔρξουσιν κακῶς,
ἐμῶν δὲ παίδων ἦλθον ἐκσῴσων βίον,
μή μοί τι δράσωσ' οἱ προσήκοντες γένει,
μητρῷον ἐκπράσσοντες ἀνόσιον φόνον. 1.305

ΧΟΡΟΣ

ὦ τλῆμον, οὐκ οἶσθ' οἷ κακῶν ἐλήλυθας,
Ἰᾶσον· οὐ γὰρ τούσδ' ἂν ἐφθέγξω λόγους.

ΙΑΣΩΝ

τί δ' ἔστιν; ἦ που κἄμ' ἀποκτεῖναι θέλει;

ΧΟΡΟΣ

παῖδες τεθνᾶσι χειρὶ μητρῴᾳ σέθεν.

ΙΑΣΩΝ

οἴμοι, τί λέξεις; ὥς μ' ἀπώλεσας, γύναι. 1.310

ΧΟΡΟΣ

ὡς οὐκέτ' ὄντων σῶν τέκνων φρόντιζε δή.

JASÃO

Mulheres perfiladas junto ao paço,
quem agiu torpemente pôs-se em fuga
ou Medeia mantém-se na morada? 1.295
Se não se oculta terra abaixo ou não
dispõe seu corpo de asa e ao céu se alça,
pode esperar que o paço a puna. Passa
pela cabeça dela assassinar
os reis e desaparecer impune? 1.300
Mas é dos meus meninos que me ocupo,
pois quem fez mal de mal padece, e a vida
dos dois depende só de mim: parentes
não quererão fazer pagar os filhos
pelo que executou a mãe soez? 1.305

CORO

Carecem de sentido tuas palavras;
ignoras o amargor do teu revés.

JASÃO

Não entendi. Também quer me matar?

CORO

As mãos da mãe mataram teus dois filhos.

JASÃO

Ai de mim! O que dizes me aniquila. 1.310

CORO

Põe na cabeça: a prole não existe!

ΙΑΣΩΝ

ποῦ γάρ νιν ἔκτειν'; ἐντὸς ἢ ἔξωθεν δόμων;

ΧΟΡΟΣ

πύλας ἀνοίξας σῶν τέκνων ὄψῃ φόνον.

ΙΑΣΩΝ

χαλᾶτε κλῇδας ὡς τάχιστα, πρόσπολοι,
ἐκλύεθ' ἁρμούς, ὡς ἴδω διπλοῦν κακόν, 1.315
τοὺς μὲν θανόντας, τὴν δὲ τείσωμαι δίκην.

ΜΗΔΕΙΑ

τί τάσδε κινεῖς κἀναμοχλεύεις πύλας,
νεκροὺς ἐρευνῶν κἀμὲ τὴν εἰργασμένην;
παῦσαι πόνου τοῦδ'. εἰ δ' ἐμοῦ χρείαν ἔχεις,
λέγ' εἴ τι βούλῃ, χειρὶ δ' οὐ ψαύσεις ποτέ. 1.320
τοιόνδ' ὄχημα πατρὸς Ἥλιος πατὴρ
δίδωσιν ἡμῖν, ἔρυμα πολεμίας χερός.

ΙΑΣΩΝ

ὦ μῖσος, ὦ μέγιστον ἐχθίστη γύναι
θεοῖς τε κἀμοὶ παντί τ' ἀνθρώπων γένει,
ἥτις τέκνοισι σοῖσιν ἐμβαλεῖν ξίφος 1.325
ἔτλης τεκοῦσα, κἄμ' ἄπαιδ' ἀπώλεσας·
καὶ ταῦτα δράσασ' ἥλιόν τε προσβλέπεις
καὶ γαῖαν, ἔργον τλᾶσα δυσσεβέστατον·
ὄλοι'· ἐγὼ δὲ νῦν φρονῶ, τότ' οὐ φρονῶν,
ὅτ' ἐκ δόμων σε βαρβάρου τ' ἀπὸ χθονὸς 1.330

JASÃO
Morreram onde, em casa ou noutra parte?

CORO
Se pisares no umbral, verás teus filhos.

JASÃO
Suspendei os ferrolhos, servos, logo!,
tirai as trancas, quero ver a ruína   1.315
por que Medeia há de pagar caríssimo!

MEDEIA[51]
Por qual motivo moves os ferrolhos
e atropelas os pórticos? Procuras
a assassina e os cadáveres? Sou útil
em algo? Não encostarás em mim,   1.320
pois meu avô, o Sol, providenciou-me
a carruagem que afasta a mão hostil.

JASÃO
Mulher odiosa, plenirrepulsiva
aos numes e a mim, a todo mundo,
capaz de arremessar o gládio contra   1.325
quem procriou, tirar-me a vida e os filhos!
Tens condição de olhar o sol e a terra,
levando a termo tal acinte? Morras!
Faltou-me percepção ao propiciar
a troca de uma casa em terra bárbara   1.330

---

[51] Sobre o centro do palco, Medeia aparece numa carruagem, provavelmente puxada por dois dragões alados.

Ἕλλην' ἐς οἶκον ἠγόμην, κακὸν μέγα,
πατρός τε καὶ γῆς προδότιν ἥ σ' ἐθρέψατο.
τὸν σὸν δ' ἀλάστορ' εἰς ἔμ' ἔσκηψαν θεοί·
κτανοῦσα γὰρ δὴ σὸν κάσιν παρέστιον
τὸ καλλίπρῳρον εἰσέβης Ἀργοῦς σκάφος.   1.335
ἤρξω μὲν ἐκ τοιῶνδε· νυμφευθεῖσα δὲ
παρ' ἀνδρὶ τῷδε καὶ τεκοῦσά μοι τέκνα,
εὐνῆς ἕκατι καὶ λέχους σφ' ἀπώλεσας.
οὐκ ἔστιν ἥτις τοῦτ' ἂν Ἑλληνὶς γυνὴ
ἔτλη ποθ', ὧν γε πρόσθεν ἠξίουν ἐγὼ   1.340
γῆμαι σέ, κῆδος ἐχθρὸν ὀλέθριόν τ' ἐμοί,
λέαιναν, οὐ γυναῖκα, τῆς Τυρσηνίδος
Σκύλλης ἔχουσαν ἀγριωτέραν φύσιν.
ἀλλ' οὐ γὰρ ἄν σε μυρίοις ὀνείδεσι
δάκοιμι· τοιόνδ' ἐμπέφυκέ σοι θράσος·   1.345
ἔρρ', αἰσχροποιὲ καὶ τέκνων μιαιφόνε.
ἐμοὶ δὲ τὸν ἐμὸν δαίμον' αἰάζειν πάρα,
ὃς οὔτε λέκτρων νεογάμων ὀνήσομαι,
οὐ παῖδας οὓς ἔφυσα κἀξεθρεψάμην
ἕξω προσειπεῖν ζῶντας, ἀλλ' ἀπώλεσα.   1.350

ΜΗΔΕΙΑ

μακρὰν ἂν ἐξέτεινα τοῖσδ' ἐναντίον
λόγοισιν, εἰ μὴ Ζεὺς πατὴρ ἠπίστατο
οἷ' ἐξ ἐμοῦ πέπονθας οἷά τ' εἰργάσω·
σὺ δ' οὐκ ἔμελλες τἄμ' ἀτιμάσας λέχη
τερπνὸν διάξειν βίοτον ἐγγελῶν ἐμοί·   1.355
οὐδ' ἡ τύραννος, οὐδ' ὁ σοὶ προσθεὶς γάμους
Κρέων ἀνατεὶ τῆσδέ μ' ἐκβαλεῖν χθονός.

por residência em território helênico
— como fui tolo! —, algoz do pai e lar!
Os deuses me enviaram teu *alástor*
— o gênio vingador —, após matares
o irmão Apsirto e aurir em Argo, bela 1.335
proa. Foi o princípio, pois às núpcias
comigo sucederam os meninos,
dizimados por causa de uma cama,
algo impensável entre as moças gregas,
mas minha escolha recaiu em ti 1.340
— união atroz, funesta para mim —,
leoa, não mulher, natura acídula
que obnubila até a tirrena Cila.[52]
Reproches duros, mesmo que eu desfira
muitíssimos, não podem te ferir, 1.345
sanguivoraz algoz dos próprios filhos!
Só me resta amargar com ais! a sina,
alheio a novo casamento, sem
me dirigir aos filhos que gerei
e que nutri: viveram... os perdi! 1.350

MEDEIA
Teria munição de sobra contra
tua logorreia, fosse necessário
Zeus saber o que fiz e o que tiveste.
Depois de me humilhar ao leito, não
gozarias a vida escarnecendo-me, 1.355
nem a filha do rei, tampouco o próprio
que conchavou contigo e me expulsou.

---

[52] Monstro marinho, habitante do estreito de Messina, mencionado na *Odisseia* (12, 85).

πρὸς ταῦτα καὶ λέαιναν, εἰ βούλῃ, κάλει
καὶ Σκύλλαν ἢ Τυρσηνὸν ᾤκησεν †πέδον·†
τῆς σῆς γὰρ ὡς χρῆν καρδίας ἀνθηψάμην. 1.360

ΙΑΣΩΝ
καὐτή γε λυπῇ καὶ κακῶν κοινωνὸς εἶ.

ΜΗΔΕΙΑ
σάφ' ἴσθι· λύει δ' ἄλγος, ἢν σὺ μὴ 'γγελᾷς.

ΙΑΣΩΝ
ὦ τέκνα, μητρὸς ὡς κακῆς ἐκύρσατε.

ΜΗΔΕΙΑ
ὦ παῖδες, ὡς ὤλεσθε πατρῴᾳ νόσῳ.

ΙΑΣΩΝ
οὔ τοινυν ἡμὴ δεξιά σφ' ἀπώλεσεν. 1.365

ΜΗΔΕΙΑ
ἀλλ' ὕβρις, οἵ τε σοὶ νεοδμῆτες γάμοι.

ΙΑΣΩΝ
λέχους σφε κἠξίωσας οὕνεκα κτανεῖν.

ΜΗΔΕΙΑ
σμικρὸν γυναικὶ πῆμα τοῦτ' εἶναι δοκεῖς;

ΙΑΣΩΝ
ἥτις γε σώφρων· σοὶ δὲ πάντ' ἐστὶν κακά.

Não me interessa nada se me chamas
leoa ou tirrena Cila: fiz
o que devia ao te atingir no íntimo!   1.360

JASÃO
Também te afeta a dor que me agonia.

MEDEIA
Saber que sofres me alivia a agrura.

JASÃO
Que horror de mãe, meninos, escolhi!

MEDEIA
O pai, um ser perverso, vos vitima!

JASÃO
Não foi minha direita que os matou.   1.365

MEDEIA
Foi teu casório e húbris desmedida.

JASÃO
Matar por uma cama: que ousadia!

MEDEIA
Para a mulher, não é uma quimera.

JASÃO
Para as sensatas, é! Não tens limite.

ΜΗΔΕΙΑ

οἶδ' οὐκέτ' εἰσί· τοῦτο γάρ σε δήξεται.   1.370

ΙΑΣΩΝ

οἶδ' εἰσίν, οἴμοι, σῷ κάρᾳ μιάστορες.

ΜΗΔΕΙΑ

ἴσασιν ὅστις ἦρξε πημονῆς θεοί.

ΙΑΣΩΝ

ἴσασι δῆτα σήν γ' ἀπόπτυστον φρένα.

ΜΗΔΕΙΑ

στύγει· πικρὰν δὲ βάξιν ἐχθαίρω σέθεν.

ΙΑΣΩΝ

καὶ μὴν ἐγὼ σήν· ῥᾴδιοι δ' ἀπαλλαγαί.   1.375

ΜΗΔΕΙΑ

πῶς οὖν; τί δράσω; κάρτα γὰρ κἀγὼ θέλω.

ΙΑΣΩΝ

θάψαι νεκρούς μοι τούσδε καὶ κλαῦσαι πάρες.

ΜΗΔΕΙΑ

οὐ δῆτ', ἐπεί σφας τῇδ' ἐγὼ θάψω χερί,
φέρουσ' ἐς Ἥρας τέμενος Ἀκραίας θεοῦ,
ὡς μή τις αὐτοὺς πολεμίων καθυβρίσῃ,   1.380
τυμβοὺς ἀνασπῶν· γῇ δὲ τῇδε Σισύφου
σεμνὴν ἑορτὴν καὶ τέλη προσάψομεν
τὸ λοιπὸν ἀντὶ τοῦδε δυσσεβοῦς φόνου.

MEDEIA
O fato de não serem te consome. 1.370

JASÃO
Contra ti hão de ser os vingadores.

MEDEIA
Os deuses sabem quem errou primeiro.

JASÃO
Sabem do que tua alma é feita: escarro!

MEDEIA
Que palavrório atroz! Destila a bile!

JASÃO
É o teu que é atroz! Que bom não mais rever-te! 1.375

MEDEIA
Como tornar real o que mais quero?

JASÃO
Deixa que enterre os mortos e os pranteie!

MEDEIA
De modo algum, que eu mesma irei fazê-lo
no templo de Hera Acraia. Assim evito
que algum dos inimigos lhes profane 1.380
a tumba. Aos dois dedico festa e rito
nas paragens de Sísifo — sublimes! —,
forma de compensar o triste crime.

αὐτὴ δὲ γαῖαν εἶμι τὴν Ἐρεχθέως,
Αἰγεῖ συνοικήσουσα τῷ Πανδίονος.　　　　1.385
σὺ δ', ὥσπερ εἰκός, κατθανῇ κακὸς κακῶς,
Ἀργοῦς κάρα σὸν λειψάνῳ πεπληγμένος,
πικρὰς τελευτὰς τῶν ἐμῶν γάμων ἰδών.

ΙΑΣΩΝ
ἀλλά σ' Ἐρινὺς ὀλέσειε τέκνων
φονία τε Δίκη.　　　　1.390

ΜΗΔΕΙΑ
τίς δὲ κλύει σοῦ θεὸς ἢ δαίμων,
τοῦ ψευδόρκου καὶ ξειναπάτου;

ΙΑΣΩΝ
φεῦ φεῦ, μυσαρὰ καὶ παιδολέτορ.

ΜΗΔΕΙΑ
στεῖχε πρὸς οἴκους καὶ θάπτ' ἄλοχον.

ΙΑΣΩΝ
στείχω, δισσῶν γ' ἄμορος τέκνων.　　　　1.395

ΜΗΔΕΙΑ
οὔπω θρηνεῖς· μένε καὶ γῆρας.

Vigoram no futuro. Com Egeu,
passo a viver na terra de Erecteu. 1.385
E tu que és ruim, terás um fim ruinoso,
ferido à testa por timão de Argo,
vendo as núpcias comigo em mesto epílogo.

JASÃO

Que as Erínias da dupla te fulminem
e Dike, justa, rubra! 1.390

MEDEIA

Que deus ou dâimon te dará escuta,
perjurador, traidor dos próprios hóspedes?[53]

JASÃO

Infanticida! Fêmea abominável!

MEDEIA

Enterra tua mulher dentro do paço!

JASÃO

Enterro, sem a moira dos meninos. 1.395

MEDEIA

Será maior teu pranto na velhice.

---

[53] Uma hipótese para o emprego aqui da palavra ξειναπάτου (literalmente, "daquele que engana seus hóspedes") seria a de que o autor estaria seguindo uma versão do mito segundo a qual Jasão teria raptado Medeia.

ΙΑΣΩΝ
ὦ τέκνα φίλτατα.

ΜΗΔΕΙΑ
μητρί γε, σοὶ δ' οὔ.

ΙΑΣΩΝ
κἄπειτ' ἔκανες;

ΜΗΔΕΙΑ
σέ γε πημαίνουσ'.

ΙΑΣΩΝ
ὤμοι, φιλίου χρῄζω στόματος
παίδων ὁ τάλας προσπτύξασθαι. 1.400

ΜΗΔΕΙΑ
νῦν σφε προσαυδᾷς, νῦν ἀσπάζῃ,
τότ' ἀπωσάμενος.

ΙΑΣΩΝ
δός μοι πρὸς θεῶν
μαλακοῦ χρωτὸς ψαῦσαι τέκνων.

ΜΗΔΕΙΑ
οὐκ ἔστι· μάτην ἔπος ἔρριπται.

ΙΑΣΩΝ
Ζεῦ, τάδ' ἀκούεις ὡς ἀπελαυνόμεθ' 1.405
οἷά τε πάσχομεν ἐκ τῆς μυσαρᾶς
καὶ παιδοφόνου τῆσδε λεαίνης;
ἀλλ' ὁπόσον γοῦν πάρα καὶ δύναμαι

JASÃO
Ó filhos tão queridos!

MEDEIA
    Só por mim.

JASÃO
Por que os mataste então?

MEDEIA
    Para que sofras.

JASÃO
Só desejo beijar — quanta desgraça! —
os lábios dos meninos que adorava!   1.400

MEDEIA
Por que invocá-los e abraçá-los se antes
os ignoravas?

JASÃO
    Deixa pelo menos
que eu toque a suave tez! Invoco os deuses!

MEDEIA
Jamais! Gastas saliva inutilmente!

JASÃO
É claro, Zeus, como ela me rechaça,   1.405
como essa fêmea horrível me arruína,
leoa algoz de prole, abominável?
O que posso fazer, senão chorá-los,

τάδε καὶ θρηνῶ κἀπιθεάζω,
μαρτυρόμενος δαίμονας ὥς μοι 1.410
τέκνα κτείνασ' ἀποκωλύεις
ψαῦσαί τε χεροῖν θάψαι τε νεκρούς,
οὓς μήποτ' ἐγὼ φύσας ὄφελον
   πρὸς σοῦ φθιμένους ἐπιδέσθαι.

ΧΟΡΟΣ

πολλῶν ταμίας Ζεὺς ἐν Ὀλύμπῳ, 1.415
πολλὰ δ' ἀέλπτως κραίνουσι θεοί·
καὶ τὰ δοκηθέντ' οὐκ ἐτελέσθη,
τῶν δ' ἀδοκήτων πόρον ηὗρε θεός.
   τοιόνδ' ἀπέβη τόδε πρᾶγμα.

senão carpir a agrura tenebrosa?
Que os deuses testemunhem que os mataste,   1.410
que me impedes agora de tocá-los,
impossibilitado de enterrá-los!
Pudera nunca tê-los semeado
para não vê-los mortos por teus golpes!

CORO
De inúmeras ações Zeus é ecônomo;   1.415
deuses forjam inúmeras surpresas.
O previsível não se concretiza;
o deus descobre a via do imprevisto.
E assim esta performance termina.

O destemor de Medeia e o teatro de horror

Trajano Vieira

Se o teatro de Sófocles caracteriza-se pela polarização, o de Eurípides define-se pela dissonância. O herói sofocliano não encontra posição no mundo em função dos valores elevados que defende: bravura e honra. São aspectos pelos quais ele guerreia desde Homero, e que lhe conferem aura sublime. O isolamento em que se mantém é absoluto e é por causa dessa condição extrema que o admiramos. Nada demove Ájax, Antígone ou Filoctetes da decisão extrema, e não estranhamos o horror que o argumento de conveniência lhes desperta, ou a mera hipótese do acordo apaziguador. A solução é a que defendem ou a única saída que lhes resta é a morte. Não se trata propriamente da defesa do valor pessoal, mas da manutenção de um código de valores sublimes criados no âmbito da sociedade aristocrática homérica. A beleza dos referenciais elevados transforma a morte num ato igualmente belo. Ismene e Crisótemis apresentam argumentos razoáveis para quem tem como objetivo a preservação da vida, mas não persuadem Antígone e Electra justamente porque estas não pretendem se manter vivas, mas preservar a sobrevida de um certo ideal de conduta. Nesse sentido, a morte não significa impossibilidade, mas necessidade, não simboliza o final da vida, mas seu coroamento.

Até que ponto esse fundamento está por trás dos atos que Medeia pratica? É inegável o isolamento radical em que ela aparece, aspecto que levou Bernard Knox a aproximá-la dos heróis sofoclianos. Entretanto, não se deve desconsiderar que, enquanto Antígone pretende enterrar o irmão a fim de perpetuar um rito tradicional, Medeia mata os filhos para se vingar de Jasão, que a troca pela princesa de Corinto. Não estamos diante de um crime motivado por ciúme, pois não fica evidente a existência de um elo afetivo forte entre ela e Jasão. Medeia comete brutalmente assassinatos em série por não suportar a ingratidão do ex-marido, personagem cínico, ambicioso e calculista. Não é da manifestação afetiva que Medeia sente falta, mas da manutenção do compromisso. A traição decorre do fato de o ex-esposo não preservar o conjunto de favores proporcionados por ela em seu périplo bem-sucedido. É verdade que o vazio em que a nova situação a coloca é registrado por Medeia: a impossibilidade de retornar ao país natal ou de buscar refúgio entre as filhas de Pélias. Mas, se o passado lhe surge como impossibilidade, o mesmo não se pode dizer do futuro, pois Egeu lhe garante acolhimento seguro em Atenas. Portanto, o argumento que Medeia apresenta para a morte dos dois filhos — evitar que sofressem punição de inimigos — é falso, pois nada a impede de levá-los consigo à cidade hospitaleira para a qual acaba partindo no final da peça, na carruagem de seu avô, o Sol, onde se refugia em seu diálogo final com Jasão (lembro que o exílio dos dois filhos é uma exigência do rei Creon e que o próprio Jasão inicialmente aceita a partida da dupla). É sem dúvida impressionante esse desfecho, imagem que sugere antes a luminosidade e o futuro alvissareiro do que o pesar e a punição pelo ato macabro, que estamos acostumados a ler nos epílogos trágicos.

Mas também não é neste drama que Eurípides privilegiará certa noção de coerência em detrimento do tormento psicológico e da ação dele decorrente. Um dos aspectos mais notáveis da peça é a capacidade argumentativa da personagem e a insistência com que ela e seus interlocutores destacam sua "sabedoria". Medeia é *sophé*, termo que sugere, entre outras qualidades, autocontrole e ponderação (o radical desse vocábulo aparece 23 vezes na peça). A protagonista faz ainda questão de ressaltar outro sentido da palavra, atribuindo-lhe a conotação de "criação" e "inovação". Que gênero de inovação ela introduz na sabedoria que a distingue das demais mulheres, como faz questão de frisar numa de suas falas mais surpreendentes (vv. 292-315)? Somos levados a crer que Medeia esteja se referindo não só a seu talento em ministrar venenos, não só a seu papel decisivo na conquista do velo de ouro por Jasão, mas também à saída que encontra para sua própria situação: o assassinato dos filhos! Não há nada de heroico em apunhalar crianças indefesas, mas não é isso o que Medeia reivindica. O ineditismo de sua ação passional confunde-se com o argumento dramático. De certo modo, Eurípides fala pela voz de sua personagem ao imaginar um enredo que se destaca pela novidade. Nesse sentido, o autor pode ser considerado um escritor moderno. O ineditismo do ato que está para praticar, pelo qual Medeia se eterniza, confunde-se com a originalidade do tema imaginado pelo autor. Que o novo seja o horror é um aspecto secundário para um poeta que inventa uma personagem que insiste no caráter novo da "sabedoria" implicada na ação que está para ocorrer, um gênero de crime inédito naquele contexto, pouco apreciado pelos jurados que conferiram último lugar à peça, embora premonitório em relação a carnificinas praticadas no futuro...

Até onde chega meu conhecimento, não se tem dado o devido destaque para os versos 190-203, onde o coro solicita que a nutriz convença Medeia a sair de casa para ouvir seus conselhos. Cética quanto ao sucesso da tarefa, a nutriz aceita levar a cabo a tentativa mas, inesperadamente, acrescenta:

> Acerta quem registre a obtusidade, o saber vazio
> dos antigos inventores de poesia,
> som em que germina a vida no afago do festim!
> Não houve musa que desvendasse

> em cantos pluricordes
> a arte de estancar o luto lúgubre,
> dizimador de moradias
> com o revés atroz de Tânatos!
> Que lucro logro em curar musicalmente o luto?
> Por que a inutilidade da voz no sobretom,
> no âmbito da festa farta?
> Na plenitude do cardápio disponível
> vigora o regozijo.

Trata-se de uma reflexão sobre o efeito da poesia, realizada por uma nutriz no momento em que afirma aceitar o encargo de convocar sua senhora, digressão estranhíssima quanto ao âmbito em que se insere e quanto à personagem que a apresenta! Os poetas do passado, hábeis na produção do efeito prazeroso, seriam incapazes de estancar a dor decorrente da experiência lutuosa. Eis uma sofisticada consideração do ponto de vista da estética da recepção. Haverá muitas possibilidades de interpretação para esses versos e para o motivo por que Eurípides os coloca, de passagem, na boca de uma simples nutriz, normalmente porta-voz do senso comum. Uma hipótese é a de que o escritor tenha imaginado uma situação para afirmar algo sobre a própria tragédia. O poeta não deve fazer da morte um feito admirável, como Homero no passado ou Sófocles no presente, mas apresentá-la de maneira patética, realista e crua. Em lugar do arrebatamento e da catarse, o distanciamento e a apreciação intelectual da configuração poética. Em lugar do efeito, o feito, perspectiva que um bom artista moderno teria condições de defender. Esse o sentido maior da novidade que Medeia apresenta (vv. 292-302):

> Ai!
> Não é a primeira vez que a *doxa*, o diz-
> -que-diz anônimo, Creon, me arruína.

Quem tem bom senso evite se esmerar
na educação dos filhos: hipersábios,
não passam de volúveis aos malévolos
moradores da urbe, que os maculam.
Se introduzes o novo entre os cabeças-
-ocas, parecerás um diletante,
não um sábio. Se acima te colocam
de quem julgam ter cabedal na ciência,
te encrencas. Desse azar também padeço.

Registro o seguinte comentário que Page apresenta de passagem a esses versos em sua edição da tragédia: "temos a impressão de ouvir falar o próprio Eurípides, que sofreu muita impopularidade em Atenas". No final, "mortificado pela hostilidade de seus companheiros cidadãos", conclui o helenista, "ele se retirou para a corte da Macedônia".[1] Sem entrar na questão sobre os motivos de seu autoexílio, concordo com a sugestão de que Eurípides estaria fazendo referência à sua própria poesia e à sua recepção junto ao público ateniense. A *doxa* busca na poesia um estado arrebatador, diferente do que sua invenção propicia. A *sophía* que Medeia pretende para si coincide, num certo sentido, com a *sophía* do próprio dramaturgo. A impressão que se tem é que Eurípides vislumbra um tipo específico de fruidor, não mais extasiado com o efeito do conjunto, mas apreciador do ineditismo de como as partes da obra vão se engendrando. Existiria algo, portanto, do que modernamente se considerou o caráter desalienador da arte, a atenção para os elementos constitutivos com que uma certa mensagem se configura.

Aristófanes, no início das *Tesmoforiantes*, delineia com precisão, a seu modo, o caráter paradoxal da poesia de Eu-

---

[1] Denys L. Page, *Euripides — Medea*, Oxford, Oxford University Press, 1938 (12ª ed., 1988), p. 94.

rípides, o deslocamento lexical que ele pratica, ao introduzir num contexto novo certas palavras de uso corrente:

> PARENTE
> Zeus, a andorinha há de surgir um dia?
> O vaivém desse homem desde a alba
> ainda acaba comigo. Diz aonde
> vamos, antes que expila a tripa, Eurípides!
>
> EURÍPIDES
> Desnecessário ouvir o que teus olhos
> em breve presenciam.
>
> PARENTE
>   Não captei.
> Não deverei ouvir?
>
> EURÍPIDES
>   O que verás.
>
> PARENTE
> Tampouco ver?
>
> EURÍPIDES
>   O que ouvirás? Tampouco!
>
> PARENTE
> Não nego tua solércia, mas não capto:
> falas do que não devo ouvir nem ver?
>
> EURÍPIDES
> Se lhes distinguem naturezas díspares.
>
> PARENTE
> Não ver e não ouvir?

EURÍPIDES
Exatamente.

PARENTE
Como diferem?

EURÍPIDES
Eis como ocorreu:
Éter, no curso da cisão primeva,
pariu seres moventes em si mesmo.
Para que vissem, concebeu o olho,
contraimagem do sol; como funil
da audição, o Éter perfurou a orelha.

PARENTE
A causa de não ver e não ouvir
é o funil? Que deleite de lição
suplementar! O sábio nos burila!

Ao qualificar como *sophós* a ação da infanticida, Eurípides põe em relevo sua própria engenhosidade poética, o elemento inesperado que fundamenta sua concepção literária. O quanto, no caso de *Medeia*, essa obsessão pelo imprevisto revelou-se premonitória é algo que foi devidamente analisado por P. E. Easterling.[2] Citando dados referentes ao período entre 1957 e 1968, a helenista nota que 30% das vítimas de assassinatos no Reino Unido foram crianças, e, na Dinamarca, perto de 50%. Na maioria das vezes, esses crimes foram cometidos pela mãe ou pelo pai, com o objetivo de atingir o cônjuge.

---

[2] P. E. Easterling, "The Infanticide in Euripides' *Medea*", *in* Judith Mossman (org.), *Oxford Readings in Classical Studies*, Oxford University Press, 2003, pp. 187-200.

Não escaparam a um editor penetrante como Page certas ressonâncias semânticas do original. Ele observa, por exemplo, no verso 402, formado por dois particípios gregos, correspondentes ao nosso gerúndio (βουλεύουσα, "planejando", e τεχνωμένη, "maquinando"), a "sinistra derivação" do nome Μήδεια ("Medeia", terceiro vocábulo que compõe o verso): μήδομαι ("imaginar", "tramar", "preparar"), μῆδος ("desígnio", "pensamento").[3] Além dessa associação, não se devem deixar de lado outras, que latejam no final dessa longa fala. No verso 401, há o emprego de μηδὲν ("nada"), que ecoa, duas palavras a seguir, em Μήδεια (Medeia): "não desconsideres nada (μηδὲν) do que conheces (ἐπίστασαι), Medeia (Μήδεια)"... Com esse "nada", Eurípides pensa no vasto rol de conhecimentos de Medeia, inclusive o de "anular" os filhos, um conhecimento "vazio" de sabedoria, nulo de "episteme" (cf. ἐπίστασαι). Eis uma figura paradoxal, que carrega no próprio nome a coincidência dos contrários. Dentre as coisas que sabe, Medeia conhece algo que anula, que torna "nulo", trazendo em si mesma (Μήδεια) o nada (μηδὲν) que pratica. Cabe notar, por outro lado, que esse monólogo se constrói, como nota Page com base num ensaio de Friedrich Leo,[4] como uma "nova forma de autorreferência". De fato, por duas vezes, no espaço de poucos versos, Medeia refere-se a si mesma como alguém que sabe, usando um termo de grande importância para o pensamento da época: ἐπίστασαι (401, 407), "sabes". Como acabamos de ver, na primeira ocorrência, lemos: "Não desprezes nada do que sabes" ou "Não desprezes o nada que sabes"; na segunda, como palavra de abertura de verso, empregada intransitivamente: ἐπίστασαι δέ·, "Tens conhecimento". A seguir, mais dois ver-

---

[3] Denys L. Page, *op. cit.*, p. 102.

[4] Friedrich Leo, "Der Monolog im Drama", *Abhandlungen der Königlichen Gesellschaft der Wissenschaften zu Göttingen*, 10/5, 1908.

sos lapidares, ambos finalizados por superlativos: ἀμηχανώταται e σοφώταται: "Ademais" — volta-se Medeia para o coro — "somos, nós mulheres, naturalmente bastante incapazes (ἀμηχανώταται) para as coisas boas, mas, para as coisas más, artífices extremamente sábias (σοφώταται)". Como se vê, também nessa passagem, Eurípides desloca um termo empregado normalmente em campo contrário: a sabedoria refere-se a uma situação nada sábia, ao plano mortal que Medeia amadurece. Ao fazer esse remanejamento semântico, o poeta renova o horizonte da motivação trágica e sua linguagem. Em seu caso, não se trata apenas de sobreposição de planos (forma/motivo), mas de espelhamento, de reflexos verbais que repercutem na estruturação fabular. Esse procedimento é o que o afasta dos trágicos anteriores, dando a seu teatro um sabor diferente, em que o efeito inusitado passa a ocupar posição de destaque. Nossa atenção não se volta apenas para o que ocorre no palco, mas para o que produz a cena que vislumbramos. Odisseu também foi inventor de formas verbais, como o episódio do Polifemo nos mostra. Entretanto, a particularidade de Eurípides na *Medeia* é a maneira radical como aproxima campos semânticos e formas antagônicas:

> Amargas e funestas suas núpcias,
> amarga aliança, amargo o meu desterro!
> Não deixes pelo meio teus projetos,
> Medeia! Nada te demova! Medra o ardor,
> se impera o destemor! Conheces bem
> tua situação. As núpcias de Jasão
> trarão a ti mofina mofa. De Hélios
> solar descendes e de um pai magnífico.
> Tens ciência; ademais, a raça fêmea
> ignora como haurir algo elevado,
> sábia quando edifica o horror do fado.

O primeiro estásimo, posterior a essa fala, apresenta uma linguagem que elucida aspectos fundamentais da peça. Refiro-me ao hino pronunciado por mulheres (como se sabe, na verdade, homens em vestes femininas), a favor das mulheres e contra a tradição masculina da poesia grega, ou melhor, contra a misoginia recorrente nessa tradição. O verbo, repetido no espaço de cinco versos, de certo modo simboliza a própria concepção poética do drama e das mulheres: στρέψω, "reverter" (vv. 410-445):

> Reflui à fonte o flúmen dos numes,
> e o justo e tudo de roldão regride (στρέφεται).
> No mundo o dolo se avoluma,
> declina o empenho pelos deuses;
> mas há de me afamar o câmbio (στρέψουσι) da fama
>   (φᾶμαι):
> honor se direciona à estirpe fêmea;
> infâmia não mais afetará as fêmeas.
>
> Musas de aedos imêmores (παλαιγενέων)
> calarão (λήξουσ') hinos do meu acinte (δυσκέλαδος):
> Apolo, ás em melodias,
> não outorgou à mente feminina
> o eterno modular da lira,
> ou a rapidez de meu contra-hino
> replicaria à estirpe máscula.
> Nímio, o tempo aflora em narrativas
> sobre a moira dos homens, sobre a nossa.

Estamos diante de uma reversão cósmica, que instabiliza o estado de coisas. Nessa desordem latente, há de ocorrer outra, modificando radicalmente a "fama" (palavra repetida em versos seguidos) das mulheres. A origem da má fama é a tradição poética masculina, que recebe inspiração apolínea, diversamente do que se dá com as mulheres. A estrutura temporal da passagem é sutil o suficiente para cumprir o que o coro afirma que ocorrerá no futuro, quando os aedos do passado "deixarão" (λήξουσι) de entoar hinos que depreciem as mulheres. Portanto, o coro vislumbra um tempo futuro em que os cantos serão do passado (παλαιγενέων). A poesia ainda inexistente, em que as mulheres ocuparão posição de destaque, seguirá a dinâmica da poesia convencional, que fixa, ao longo da tradição, o inverso do mau renome (εὔκλειαν... οὐκέτι δυσκέλαδος). Esse o motivo da referência final à ilimitada extensão temporal, em que se registrará a moira das mulheres e dos homens. A natureza da poesia feminina, reincidente no futuro, a ponto de tornar-se tema tradicional, define-se pela reversão do que se conhece. É nesse espectro anunciador que se insere a figura imponente e dilacerada de Medeia. Poderíamos indagar se Antígone, por exemplo, não cumpre tal destino. Não no sentido pensado por Eurípides: Antígone representa a têmpera do heroísmo homérico, a inflexibilidade que encontramos em Aquiles ou Ájax. A tensão interna de Medeia é de outra natureza, nova na tradição poética grega. Seu isolamento tem a ver com o sentimento de solidão e de abandono, com a desestruturação de uma ordem sujeita ao oportunismo. Sua reação inédita diante de motivações vazias da grandeza do heroísmo tradicional é responsável pela concepção original da peça.

Bernard Knox chamou atenção para a presença do vocabulário heroico na definição da natureza de Medeia. O helenista discorre sobre a questão em resposta à interpretação que Page oferece da personagem. Segundo o último, Medeia seria a expressão da mulher estrangeira, bárbara (registre-se que βάρβαρος aparece apenas em quatro versos da peça, empregado por Medeia — 256, 591 — e por Jasão — 536, 1.330). Ocorre que o léxico utilizado por Eurípides segue efetivamente a tradição heroica masculina, assentada em valores como reconhecimento da honra, afã competitivo, equilíbrio entre feito e reconhecimento. O uso recorrente de palavras derivadas da raiz *tim-*, "honra", surpreende (versos 20, 33, 438, 660, 696, 1.354). Do mesmo modo, o termo referente à reputação gloriosa — κλέος — é empregado nos seguintes versos: 218, 236, 415, 810.

    A dimensão heroica de Medeia é relevante para a compreensão de sua ação dramática: a personagem registra o desequilíbrio entre o que propiciou a Jasão e o que dele recebeu, e esse desequilíbrio lhe provoca sentimento de desonra, desencadeando a atitude vingativa. Esse esquema geral aplica-se bastante bem aos acontecimentos centrais da tragédia. Mas não se deve menosprezar outros aspectos não menos relevantes. Repare-se, por exemplo, no que está por trás do desequilíbrio entre o que Medeia afirma ter propiciado a Jasão e o que ele diz ter oferecido à ex-mulher. Segundo Jasão, Medeia passou a gozar de uma condição de vida em Corinto superior à que teria em sua cidade natal, graças sobretudo ao reconhecimento de seus dotes intelectuais. Medeia, por sua vez, foi responsável pelo sucesso de Jasão na expedição dos argonautas. Foi ela quem instruiu o futuro marido nas três provas a que se submeteu. Se dependesse apenas de seus dotes naturais, Jasão teria sucumbido. Eis algo importante a ser destacado: a dissimetria existente entre os dois personagens. Jasão não teria tido conhecimento suficiente para manter-se vivo, conhecimento esse de que Medeia se mostrou dotada, ao lhe propiciar o sucesso. É o valor da *sophía* que parece estar em jogo; é o reconhecimento desse valor que no fundo Medeia reivindica. Não é um conceito propriamente heroico o que está presente. Em Homero ou em Sófocles, os personagens solicitam o reconhecimento de valores tradicionais, como bravura ou ritos imêmores. Medeia requer o reconhecimento de um traço intelectual seu, responsável pela sobrevivência de Jasão. Estamos diante, portanto, de uma mulher com enorme brilho intelectual que arma meticulosamente seu plano de vingança. Seus três interlocutores principais tornam-se personagens de seu projeto: Creon, que concorda com sua permanência por mais um dia em Corinto; Egeu, que jura solenemente recebê-la em Atenas; Jasão, que aceita que os filhos entreguem os presentes à noiva. A performance da personagem coincide com a do autor da peça, que define as ações que suas criaturas (Creon, Egeu, Jasão) devem executar.

O efeito dramático da tragédia tem a ver com a tensão entre dois polos: o da farsa que Medeia representa diante de seus interlocutores e o da brutalidade do crime que está para cometer. Fixamo-nos na condição de Medeia representar uma persona diante desses três personagens, cujos comportamentos ela define no ato da interlocução. A segurança com que desempenha seu *script* nessas passagens acentua a natureza cruel dos assassinatos que irá executar. Há uma notável teatralização dos diálogos centrais, em que Eurípides exibe sua maestria. Por teatralização, entendo o seguinte quadro: Medeia representa uma farsa e manipula seus interlocutores como personagens de seu teatro subjetivo. A tragédia possui uma dimensão ficcional que nos remete à natureza da própria criação teatral. Medeia representa o papel da mãe abandonada com os filhos pelo ex-marido. Essa a ironia macabra do texto, pois aquilo que efetivamente Medeia é coincide com o que ela representa diante de seus três interlocutores: Creon, Egeu e Jasão. Tal sobreposição de situações idênticas, tendo em vista a execução dos filhos, é um aspecto notável que particulariza o drama. Surpreende-nos a capacidade de a protagonista representar com tanto controle um papel em função de um objetivo terrível, que apenas em um momento parece correr risco, durante seu conhecido monólogo (vv. 1.019-80). A patologia de seu estupor mental impulsiona as diretrizes falsas que ela indica a seus interlocutores. A tensão patética com que representa sua farsa é uma das facetas a serem destacadas na *Medeia*.

Não há na peça um *deus ex machina*, como ocorre em várias tragédias de Eurípides. Na *Electra*, os dióscuros surgem no desfecho proclamando a punição transitória de Orestes, que terminará tão logo o personagem cumpra determinados ritos em Atenas. No epílogo da *Medeia* é a própria personagem que ocupa essa posição, ao subir no carro do Sol, de onde conversa com Jasão, antes de partir para Atenas, que irá acolhê-la, graças a Egeu. Como interpretar esse final surpreendente, de que está ausente o mecanismo de punição divina? Comprovaria o ateísmo de que o autor foi tão acusado na antiguidade? Contra essa leitura, poderíamos lembrar o pacto entre Medeia e Egeu, referendado pelos deuses através de um rito tradicional. A credulidade nada tem a ver, contudo, com o mecanismo da intervenção divina. Em Sófocles — e este é um dos traços mais geniais de sua obra —, mesmo quando os deuses não são nomeados no ápice de uma catástrofe, percebemos sua presença enigmática, o que não se dá na *Medeia*. A autonomia humana nos sugere um universo novo, em que a punição não é decorrência necessária da ação desmedida. Marca de ceticismo do autor quanto a práticas institucionais? Faltam dados seguros para comprovarmos essa hipótese. De qualquer modo, a ausência nos faz voltar para as motivações dos próprios personagens, para sua fragilidade e insensatez intrínsecas. Não seria o caso de buscar uma explicação para um ato específico, mas de constatar a monstruosidade do ato em sua magnitude.

O que mata a princesa de Corinto? Intemperança? Incredulidade? Ambição? Um motivo menos pungente e mais humano: vaidade... Ao vislumbrar a rutilância dos presentes que recebe (última moda entre as mulheres, como frisa o autor, numa contextualização curiosa no umbral da carnificina...), a princesa esquece o mau humor inicial e cede ao pedido de Jasão. A minúcia descritiva da passagem é extraordinária, e culmina, antes do processo de decomposição da jovem, na visão da personagem refletida no espelho. Restrinjo-me ao belo verso 1.162:

ἄψυχον εἰκὼ προσγελῶσα σώματος.
exânime de si, sorriu ao ícone.⁵

A reduplicação vazia simboliza ironicamente a vacuidade psíquica (futilidade na antecâmara fatal, um tópico que certamente agradaria os amantes de filmes "b"...). Não à toa, imediatamente a seguir, inicia-se o processo produzido pelo *fármaco* depositado por Medeia na coroa e no véu. Note-se que essas relíquias haviam pertencido ao ancestral de Medeia, que a protege, o Sol (evocado repetidamente: 406, 746, 752, 764, 954), o que explica o fato de a imagem sinistra da noiva ser paradoxalmente descrita com forte carga luminosa, contraste que amplia o caráter patético da passagem, bem ao gosto do autor.

Não se deve atribuir, portanto, a uma hipotética tendência antirreligiosa de Eurípides a ausência de mecanismos tradicionais de punição, mas a seu interesse em expor facetas inéditas de motivações psíquicas. O desinteresse sexual por parte do marido seria a causa da tragédia, observa Jasão, no diálogo final com Medeia, com o que ela concorda, frisando que, do ponto de vista feminino, a indiferença não seria uma atitude desimportante. Alguém poderia imaginar o tema debatido de maneira tão direta numa peça de Ésquilo ou de Sófocles? Pensemos em Clitemnestra: o ciúme é apenas um dos motivos que a levam a matar Agamêmnon. Mas há algo mais fundamental que separa as duas peças: a altivez heroica que nem mesmo a morte apaga. O caráter imortal dessa aura misteriosa está ausente da *Medeia*, inclusive da protagonista, dotada de formidável capacidade de cálculo, que se insere, entretanto, em outro horizonte, absolutamente humano. Talvez, por esse motivo, Medeia não desperte nossa admiração (admiramos quem não somos: Filoctetes, Antígone), nem nos-

---

⁵ Literalmente, "sorrindo à imagem sem vida de seu corpo".

so desprezo (sentimento por quem julgamos abaixo de nós: Egisto, Tersites), mas a constatação do extremo a que pode chegar uma mente intelectualmente bem-dotada e doentia.

Nesse sentido, é o caso de mencionar o verso 1.079, no monólogo em que Medeia, diante dos filhos, exprime a dificuldade de levar a termo seu plano. Trata-se da manifestação de crise profunda, em que a personagem, em extrema tensão interna, considera a hipótese de não executar o assassinato, repetindo, no espaço de quatro versos (1.044, 1.048), a mesma despedida: χαιρέτω βουλεύματα, "adeus, projetos!". E essa mesma palavra, βουλεύματα, que retorna no tão discutido verso 1.079:

θυμὸς δὲ κρείσσων τῶν ἐμῶν βουλευμάτων.

O verso admite duas traduções: "A ira (*thymós*) é mais forte que meus planos" ou "a ira (*thymós*) impõe-se a meus planos". O dualismo filosófico racional/irracional do platonismo estaria implicado na primeira leitura, segundo alguns críticos,[6] que o traduzem assim: "minha fúria é mais forte que minha razão" (contra essa interpretação: a simples enunciação da "razão" nessa teatralização subjetiva não amorteceria os efeitos da fúria?). Ocorre que βουλεύματα tem sentido específico, concreto, tanto nos versos 1.004 e 1.048 quanto no 1.079: "planos", com referência direta ao infanticídio. Foi com base nesse raciocínio que Hans Diller propôs uma leitura mais convincente.[7] Os planos de Medeia não seriam opostos a seu *thymós*, mas estariam sujeitos a ele. O *thymós* impõe-se (esse o sentido de κρείσσων, "mais forte", "supe-

---

[6] Ver, por exemplo, Bruno Snell, *Scenes from Greek Drama*, Berkeley, University of California Press, 1964, pp. 50 ss.

[7] Hans Diller, "θυμὸς δὲ κρείσσων τῶν ἐμῶν βουλευμάτων", *Hermes*, 94, 1966, pp. 267-75.

rior") aos projetos que Medeia está para realizar.[8] É disso que Medeia se dá conta, conforme sugere o verbo μανθάνω ("compreendo") do verso anterior: "compreendo que tipo de males vou cometer, e a fúria impõe-se aos projetos". A passagem teria relação com a doutrina socrática, segundo a qual nenhum homem pratica o mal conscientemente (cf. *Protágoras*, 352d)? Tal é a hipótese levantada por Snell,[9] que apenas enuncio para retornar ao trecho em questão, pois ele nos oferece uma imagem impressionante da lucidez que a personagem exibe de seu gesto trágico: Medeia compreende racionalmente (μανθάνω) que o projeto que está para executar (βουλεύματα) é motivado por uma dimensão não racional de sua estrutura psíquica, pela pulsão furiosa (θυμὸς) (vv. 1.074-80):

> Dobrou-me o mal, mirar os dois não é
> possível: ide, entrai! Não é que ignore
> a horripilância do que perfarei,
> mas a emoção derrota raciocínios
> e é causa dos mais graves malefícios.

A sabedoria (σοφία) de Medeia está em não se iludir com a chave dualista razão/desrazão e em não se colocar como joguete de uma força que escapa a seu controle e que conduz seus atos, mas em vislumbrar no próprio movimento da construção de seu intelecto a motivação emocional que se lhe entrelaça e provoca sua dor mais intensa. Trata-se da lucidez agônica que particulariza o teatro de Eurípides. Nesse trecho, o *thymós* pouco tem a ver, portanto, com o que sugeriu

---

[8] Uma discussão atualizada sobre esse verso, inclusive com objeções à análise de Diller, encontra-se no apêndice da edição de Donald J. Mastronarde da *Medeia* (*Euripides — Medea*, Cambridge University Press, 2002).

[9] Bruno Snell, "Das frühste Zeugnis über Sokrates", *Philologus*, 97, 1948, pp. 125-34.

Wilamowitz: personificação de um demônio ("ein Dämon") externo, que agiria na protagonista.[10] Medeia não só sabe o que faz, como tem consciência do que a leva a fazer o que faz. Essa percepção dos mecanismos psíquicos num momento extremo é o que a torna tão arrebatadora.

Parafraseando o título do conhecido livro de Paul Veyne, poderíamos, por fim, indagar: "Acreditava Eurípides em seus mitos?". A tendência a responder negativamente essa questão é grande, não fora o fato de o poeta dar a impressão de acreditar na motivação verbal do mito. Em outras palavras: Eurípides acredita piamente na linguagem do mito, em sua potencialidade expressiva. A expressão mitológica altera-se de modo radical quando ele passa a colocar sob foco a voz que ressoa introspectivamente. Sua obra teatraliza diferentes peripécias e enigmas subjetivos. O enredo que entretém o público é fruto de conflitos que designamos correntemente como "pessoais". Trata-se do "mistério" distintivo de cada um. A dúvida, o vaivém das decisões sujeitas às oscilações de humor, a multiplicação de pontos de vista, o descontrole emocional são apenas algumas das situações existenciais que nos aproximam dos personagens desse autor. O bom senso da voz corrente é outro parâmetro nas encenações do patetismo patológico de seus heróis (há ainda "heróis" em seus dramas?). Não se trata de um universo exemplar, mas sim frágil na estruturação da psique vulnerável em sua neurose. O comportamento de Medeia não é motivado pela manutenção de uma aura (como em *Antígone*), mas pelo efeito de suspense e de horror que pode provocar numa plateia aterrada pelo absurdo do gesto extremo. Ésquilo elabora uma estratégia bastante complexa, através de imagens crípticas e extasiantes,

---

[10] A crítica a Ulrich von Wilamowitz-Moellendorff foi formulada por Vincenzo Di Benedetto em *Euripide: teatro e società*, Turim, Einaudi, 1971, p. 42.

para poupar o público do patetismo cruel que aniquila Agamêmnon. Eurípides se interessa justamente pelo efeito do gesto cru. A deformação física é descrita pelo mensageiro com certo deleite objetivante (perversão descritiva do autor via personagem?). E há o prazer ambíguo de quem o escuta, a recepção sádica de Medeia que amplifica a horripilância do teatro. O uso de material convencional na tragédia de certo modo limita o efeito de suspense, pois conhecemos de antemão a fatalidade do desenlace. Sem poder contar plenamente com tal recurso, Eurípides buscou novas motivações para os crimes e sua recepção. Quanto mais cruel o horror, maior o mal-estar do público. Medeia poderia vingar-se de Jasão, restringindo a matança aos filhos, mas é a morte da princesa e de Creon que permite a Eurípides introduzir o elemento grotesco, irônico e paradoxal, tão marcante em sua produção. A vaidade feminina sujeita a modismos causa a morte da filha do rei, o ouro liquefeito no louro dos cabelos deforma-lhe o rosto; a carne encarquilhada do tirano se desprega do corpo combalido, "qual pinho lacrimoso" (v. 1.200 do original grego), arremata o autor, que recorre à inesperada imagem natural para caracterizar o torpe dilaceramento da carniça do ex-mandatário de Corinto...

Ao invés de vislumbrar no mito o repertório de narrativas tradicionais em que os deuses interferem enigmaticamente nas ações humanas, configurando de maneira latente e oculta o destino, como em Sófocles, Eurípides constrói ações com base em motivações inéditas e originais, à beira do absurdo. O quanto elas se revelaram premonitórias é apenas um dos aspectos que continua a manter viva sua obra. Nenhum outro autor grego mostrou tanta consciência quanto ao caráter ilimitado da invenção (excetuando-se talvez Píndaro, para quem a invenção se confunde, entretanto, com o êxtase diante da epifania do artificialismo extremo). Eurípides nos dá a impressão de não escrever propriamente peças trágicas, mas de exercitar e pesquisar novos parâmetros do texto dramático. A dimensão plástica e expressiva de sua linguagem continua a soar dissonante, fantasmagórica e vertiginosa a quem o lê e o vê. Ela deixa de ser a manifestação do monstruoso (desvelamento da pequenez humana diante da magnitude divina), para se tornar a expressão da monstruosidade (desvelamento da patologia anímica do homem diante de si mesmo). A monstruosidade frequentemente desborda, apresentando em sua centelha um tom deliberadamente *kitsch* (não é um traço que diferentes obras de vanguarda descortinam?). Mas essa é apenas uma trilha que se entrelaça em outras (humor, por exemplo), que parecem inesgotáveis e que dão a impressão de escapar ao domínio do próprio autor. Defeito? Absolutamente, se lembrarmos a frase de Paul Valéry: "*L'œuvre dure en tant qu'elle est capable de paraître tout autre que son auteur l'avait faite*".[11] E uma das questões suscitadas em quem relê dramas como *Medeia* é justamente até que ponto o autor teve clareza de seu arrojo descomunal.

---

[11] "A obra perdura na medida em que ela é capaz de parecer totalmente diversa daquilo que seu autor concebeu."

Métrica e critérios de tradução

A estrutura métrica da tragédia grega é bastante complexa. Nos diálogos, predomina o trímetro jâmbico, que possui o seguinte esquema:

x—ᴗ—   x—ᴗ—   x—ᴗ—

Em outros termos, a primeira sílaba do segmento ("pé") pode ser breve ou longa; a segunda, longa; a terceira, breve; a quarta, longa. Essa unidade é repetida três vezes no verso. Em lugar da alternância entre sílabas átonas e tônicas, em grego o ritmo varia entre breve e longa (esta última tendo duas vezes a duração da breve).

Por outro lado, a métrica dos coros é bastante diversificada e apresenta dificuldade ainda maior de escansão, decorrente, entre outros motivos, do acúmulo de elisões e cesuras, bastante comuns nesses entrechos.

Na tradução da *Medeia*, uso o decassílabo na maior parte dos diálogos, com variação acentual, respeitando os parâmetros rítmicos possíveis para esse tipo de verso em português. Nos episódios corais e nos diálogos que não seguem o padrão do trímetro jâmbico, emprego o verso livre, privilegiando a acentuação nas sílabas pares.

Adotei procedimento semelhante na tradução do *Filoctetes*, de Sófocles (São Paulo, Editora 34, 2009), onde, numa nota sobre o assunto, incluí um percurso dos versos gregos e as opções para o português.

A melhor apresentação da métrica da *Medeia* que conheço é a que Donald J. Mastronarde traz em sua edição da peça (*Euripides — Medea*, Cambridge University Press, 2002, pp. 97-108). Trata-se de um campo extremamente complexo, que demanda um conhecimento técnico específico. Embora a edição inglesa tenha como alvo o público acadêmico (texto grego sem tradução), a apresentação dos parâmetros métricos em forma de tópicos curtos talvez auxilie o leitor menos familiarizado com essa questão.

Sobre o autor

Os dados biográficos sobre Eurípides são escassos e, em sua maioria, fazem parte do anedotário, com base sobretudo no personagem cômico "Eurípides", recorrente na obra de Aristófanes (a alusão, por exemplo, ao fato inverídico de sua mãe ser uma verdureira nas *Tesmoforiantes*...). Durante o período helenístico, turistas estrangeiros eram conduzidos a uma gruta em Salamina onde Eurípides teria dado asas à imaginação, isolado do mundo... Não se sabe ao certo se ele ou um homônimo praticou também a pintura, encontrada em Mégara. Eurípides nasceu em *c.* 480 a.C. na ilha de Salamina e morreu em 406 a.C. na Macedônia, para onde se transferiu em 408 a.C., a convite do rei Arquelau. Seu pai, Mnesarco, era proprietário de terras. Sua estreia num concurso trágico ocorreu em 455 a.C., ano da morte de Ésquilo. Obteve poucas vitórias (apenas quatro primeiros prêmios, o mais antigo, de 441 a.C., aos quarenta anos de idade), fato normalmente evocado para justificar o amargor do exílio voluntário. Das 93 peças que tradicionalmente lhe são atribuídas, chegaram até nós dezoito, oito das quais datadas com precisão: *Alceste* (438 a.C.), *Medeia* (431 a.C.), *Hipólito* (428 a.C.), *As Troianas* (415 a.C.), *Helena* (412 a.C.), *Orestes* (408 a.C.), *Ifigênia em Áulis* e *As Bacantes* (405 a.C.). As peças compostas na Macedônia foram representadas postumamente em Atenas por seu filho homônimo: *Ifigênia em Áulis*, *Alcméon em Corinto* e *As Bacantes*. Diferentemente de Ésquilo e Sófocles, Eurípides não teve participação política nos afazeres de Atenas. Nesse sentido, Aristóteles menciona na *Retórica* (1.416a, 29-35) o processo de "troca" (*antídosis*) em que o escritor teria se envolvido, levado a cabo por Hygiainon, provavelmente em 428 a.C. Segundo esse tipo de processo, um cidadão poderia encarregar outro de uma determinada atividade em prol da cidade. Em caso de recusa, teria o direito de propor a troca de patrimônio. E o primeiro caso de *antídosis* de que se tem notícia é justamente esse contra Eurípides. São conhecidas as passagens das *Rãs* de Aristófanes (ver, por exemplo, o verso 959) em que se fala de sua predileção pela representação de situações cotidianas, e da *Poética* (1.460b, 33 ss.), em que Aristóteles comenta que, diferentemente de Sófocles, o qual apresenta os homens "como deveriam ser", Eurípides os representa "como são". Já na antiguidade, com Longino (*Do sublime*, XV, 4-5), alude-se à sua maneira de representar naturalisticamente a psique humana, sobretudo feminina (de fato, são numerosas as personagens que surgem sob esse enfoque: Medeia, Hécuba, Electra, Fedra, Creusa). Entre as inovações que introduziu no teatro, cabe lembrar o recurso do *deus ex machina*, a aparição sobrevoante, por meio de uma grua, de um deus (aspecto criticado por Aristóteles na sua *Poética*, 1.454b, 2 ss.).

Sugestões bibliográficas

A edição crítica de Donald J. Mastronarde (*Euripides — Medea*, Cambridge University Press, 2002) apresenta um comentário penetrante, anotações eruditas e bastante elucidativas. Diria que ela complementa em vários pontos a de Denys L. Page (*Euripides — Medea*, Oxford University Press, 1938), que não deve ser descartada por quem pretende se aprofundar no drama de Eurípides. Os estudos sobre a peça são numerosíssimos. Cito apenas alguns que podem servir de ponto de partida para futuras pesquisas. Desde logo, cabe mencionar o notável livro de Pietro Pucci, *The Violence of Pity in Euripides' Medea* (Cornell University Press, 1980), centrado na "retórica da piedade". O clássico ensaio sobre traços heroicos da protagonista, "*Medea* of Euripides", de Bernard Knox, publicado originalmente em *Yale Classical Studies*, 25 (1977, pp. 193-225), foi incluído em *Word and Action: Essays on the Ancient Theater*, Johns Hopkins University Press, 1979. A antologia organizada por Judith Mossman, *Oxford Readings in Classical Studies — Euripides* (Oxford University Press, 2003), traz o comentário de P. E. Easterling sobre o infanticídio no drama ("The Infanticide in Euripides' *Medea*"). Sugiro ainda outras duas antologias de ensaios sobre a tragédia: *Medea nella letteratura e nell'arte*, livro organizado por Bruno Gentili e Franca Perusino (Veneza, Marsilio, 2000), e *Medea*, organizado por James J. Clauss e Sarah Iles Johnston (Princeton University Press, 1997). Aos leitores interessados especificamente na mitologia sobre Jasão e Medeia, cabe lembrar a obra *Le Mythe de Jason et Médée*, de Alain Maurice Moreau (Paris, Belles Lettres, 1994).

Excertos da crítica

"O racionalismo de Eurípides pressupõe, com um forte sentido de realidade, o condicionamento que as paixões e, no geral, uma situação não modificável pela 'vontade' impõem ao homem. Fedra tenta em vão erradicar de seu peito a paixão pelo enteado, e, ao fim, a solução mais racional — a única possível para ela — consiste em tomar pé da situação e pôr fim à própria existência. Com um procedimento não idêntico mas análogo Medeia consegue, num esforço extremo de reflexão, perceber que é dominada por uma força, capaz de impor-se não somente a ela, mas, abrangentemente, a todos os homens. Seu racionalismo consiste no fato de que seu intelecto consegue enquadrar sua situação pessoal num contexto mais amplo e em perceber, com plena lucidez, o infeliz destino a cujo encontro ela vai inevitavelmente, dada a situação. Uma vez que o *thymós* se põe como uma 'força' por assim dizer extrapessoal contra a qual o impulso do afeto materno torna-se vão, o 'compreender' se exprime em tomar conhecimento da necessidade a que a situação 'objetivamente' leva."
Vincenzo Di Benedetto (*Euripide: teatro e società*, 1971)

"Essa apresentação em termos heroicos de uma esposa estrangeira rejeitada, que viria a matar a nova esposa de seu marido, o pai da noiva e finalmente os próprios filhos, deve ter deixado a plateia que viu a peça pela primeira vez em 431 a.C. algo incomodada. Heróis, como se sabia muito bem, eram seres violentos e, como vivessem e morressem pelo simples código 'ajude os amigos e prejudique os inimigos', era de esperar que suas vinganças, quando se sentissem injustamente tratados, desonrados, diminuídos, fossem monumentais e fatais. Os poemas épicos realmente não questionam o direito de Aquiles causar a destruição do exército grego para se vingar dos insultos de Agamêmnon, nem a carnificina que Odisseu promove de uma jovem geração inteira da aristocracia de Ítaca. O Ájax de Sófocles não vê nenhum erro em sua tentativa de matar os comandantes do exército por lhe terem negado o armamento de Aquiles. Sua vergonha decorre simplesmente de seu fracasso em atingir o objetivo sangrento. Mas Medeia é uma mulher, esposa e mãe, e também uma estrangeira. Ainda assim ela age como se combinasse a violência crua de Aquiles com o frio calculismo de Odisseu, e, o que é mais, é nestes termos que as palavras da peça de Eurípides apresentam-na. 'Não queiram ver em mim', ela observa, 'um ser fleumático/ ou flébil. Tenho outro perfil. Amor/ ao amigo, rigor contra o inimigo;/ eis o que sobreglorifica a vida!' Esse é o credo pelo qual os heróis homéricos e sofoclianos vivem — e morrem."

Bernard Knox ("The *Medea* of Euripides", *Yale Classical Studies*, 25, 1977)

"A meu ver, a derradeira imagem de Medeia na carruagem do Sol simboliza o sucesso de sua automutilação sacrificial, do *pharmakon* que ela aplicou de modo tenebroso a si mesma. Embora ela tenha conduzido a si mesma a esse ato lançando mão de todo tipo de automanipulação retórica, não há dúvida de que exerceu sua capacidade de sacrificar a si mesma a fim de se remir da sujeição. Eis que ela desponta plenamente como senhora de si, acima dos homens, numa aura sagrada, pronta para alcançar o jardim abençoado de Afrodite em Atenas. O *pharmakon* a levou a uma autossuficiência quase divina, pois autodomínio é matéria dos deuses e não dos homens. No mesmo sentido, a carruagem do Sol em que Medeia permanece intocável sugere também os poderes mágicos selvagens que a ajudaram a atingir sua meta."

Pietro Pucci (*The Violence of Pity in Euripides' Medea*, 1980)

"Com a decisão de matar as crianças, Eurípides eleva a violência a um novo patamar. Quanto do ímpeto vingativo de Medeia podemos tolerar? Diante de quantos crimes nos resignamos? Onde se situa a linha que a vingança ultrapassa para adentrar a zona do monstruoso inumano? Assim como o coro, estaríamos talvez em condições de aceitar a morte de Glauce e Creon, por mais horríveis que nos pareçam; mas ao entrelaçar esses homicídios com os assassinatos dos próprios filhos de Medeia, Eurípides nos força a confrontar com a questão do limite... Enquanto a aura do fabuloso ainda envolve Medeia, Jasão é quase completamente despido do colorido romântico de suas aventuras passadas. O resultado é banalizar e assim diminuir sua estatura na peça para então realçar a dimensão heroica e extraordinária de Medeia."

Charles Segal ("Euripides' *Medea*: Vengeance, Reversal and Closure", *Pallas*, 45, 1996)

"Exatamente no longo monólogo que preludia a catástrofe, prorrompe, incontornável, o afeto materno com nuances tênues e delicadas. Numa luta desesperada combatem no ânimo de Medeia o desejo de vingança e o amor materno. Repetidamente ela quer e desquer num alternar-se obsessivo de estados de ânimo extremos, e finalmente conclui: 'Sei o mal que estou para cumprir, mas o *thymós* em mim domina toda resolução, o *thymós* que é para os homens a causa das maiores desventuras.' O enunciado recoloca o dito de Heráclito: 'É difícil combater o *thymós*: o que ele deseja, compra ao preço da vida' (22 B 85 D.-K.). Como antes no diálogo de Medeia com Jasão (v. 879; cf. v. 883), o sentido de *thymós* não é aquele genérico e ambíguo de 'paixão', mas 'raiva', 'fúria', como impulso pré-lógico, pré-mental, irracional e irrefreável; Eric Dodds observa: 'os impulsos da ação estão ocultos no *thymós*, onde nem a razão nem a piedade podem congregá-los'; não é por acaso que Sêneca, no monólogo de sua *Medeia* (vv. 893 ss.), com os termos *aestus, furor, ira* descreve o impulso homicida da protagonista."

Bruno Gentili ("La *Medea* di Euripide", em *Medea nella letteratura e nell'arte*", 2000)

"Atenas, cidade das Musas, ideal de esplendor civilizado, onde *Sophía* e os Amores estão em harmonia: seria esse um mero elogio sutil à audiência ateniense ou estaria mais intimamente ligado ao sentido mais profundo da peça? Todas essas passagens chamam a atenção para a ambivalência da inteligência humana e para a criatividade, que é potencialmente uma fonte de beleza e harmonia, mas passível também de irromper em violência destrutiva sob a influência da paixão. Medeia em sua *sophía* exemplifica tal ambivalência: vemos sua perspicácia e poder intelectual voltados, graças a seu amor traído por Jasão, para fins destrutivos — e autodestrutivos. E seu heroico senso de identidade é usado para desvelar a natureza trágica do que ela faz e padece."

P. E. Easterling ("The Infanticide in Euripides' *Medea*", em *Oxford Readings in Classical Studies — Euripides*, 2003)

Eurípides e a tragédia grega[1]

Otto Maria Carpeaux

A cronologia dos grandes trágicos gregos é um tanto confusa. Desde a Antiguidade foram sempre estudados numa ordem que sugere fatalmente a ideia de três gerações: Sófocles, sucessor de Ésquilo, e Eurípides, por sua vez, sucessor de Sófocles. Mas Ésquilo (525-456 a.C.), Sófocles (496-406 a.C.) e Eurípides (c. 480-406 a.C.) são quase contemporâneos. Quando Aristófanes, contemporâneo dos dois últimos, se revolta contra as novas ideias dramáticas e filosóficas de Eurípides, não é a dramaturgia de Sófocles que ele recomenda como remédio, e sim a de Ésquilo. Para todos três — Sófocles, Aristófanes e Eurípides —, Ésquilo não é um poeta arcaico, e sim o poeta da geração precedente. Realmente, Eurípides tem pouco em comum com Sófocles; e está mais perto de Ésquilo do que o reacionário Aristófanes pensava. É preciso derrubar a ordem que a rotina pretende impor.

Eurípides não pertence ao "partido" religioso-político de Ésquilo; Aristófanes viu isso bem. Na tragédia esquiliana, os heróis representam coletividades; na tragédia euripidiana, são indivíduos. Já não se trata do restabelecimento de ordens antigas, ou do estabelecimento de novas ordens, mas da oposição sistemática do indivíduo contra as ordens estabeleci-

---

[1] Extraído de *História da literatura ocidental*, de Otto Maria Carpeaux, parte I ("A herança"), capítulo I ("A literatura grega"). Edição original: Rio de Janeiro, O Cruzeiro, 1959. Edição mais recente: Brasília, Senado Federal, 2008.

das. Por isso, Aristófanes considerava Eurípides como espírito subversivo, como corruptor do teatro grego e o fim da tragédia ateniense. Entre os modernos, só a partir do romantismo se popularizou essa opinião; o "senso histórico" exigiu a "evolução do gênero" e encontrou em Eurípides o culpado do fim. Os séculos precedentes não pensavam assim. Ésquilo nunca foi uma força viva na evolução do teatro moderno, e Sófocles inspirou imitações quase sempre infelizes. Mas sem Eurípides o teatro moderno não seria o que é; Racine e Goethe são discípulos de Eurípides, que, através do seu discípulo romano, Sêneca, influenciou também profundamente o teatro de Shakespeare e o teatro de Calderón. Os próprios gregos não se conformaram com o ódio de Aristófanes; Aristóteles chama a Eurípides *tragikotatos*, "o poeta mais trágico de todos", superlativo que nos parece caber a Ésquilo. Na verdade, Eurípides é o Ésquilo duma época incerta, de transição, como a nossa. Eurípides quase se nos afigura nosso contemporâneo.

A base da tragédia euripidiana, como a da esquiliana, é a família. Mas há uma diferença essencial. Em Ésquilo, as relações familiares constituem a lei bárbara do passado, substituída pela ordem social duma nova religião, a religião da Cidade. Em Eurípides, o Estado é uma força exterior, alheia; o indivíduo encontra-se exposto às complicações da vida familiar, das paixões e desgraças particulares. Eurípides foi considerado como último membro duma série de três gerações de dramaturgos, e parecia separado de Ésquilo por um mundo de transformações sociais e espirituais; Ésquilo parecia ser representante do conservantismo religioso, e Eurípides, representante do individualismo filosófico. É este o ponto de vista de Aristófanes, e isso vem provar que Atenas se estava democratizando com rapidez vertiginosa. Mas Ésquilo e Eurípides são quase contemporâneos. Só o ponto de vista de cada um deles é diferente: Ésquilo é coletivista; Eurípides, individualista. Mas o tema dos dois dramaturgos é o mesmo:

a família. Ésquilo e Eurípides são, ambos, inimigos da família: Ésquilo, porque ela se opõe ao Estado; Eurípides, porque ela violenta a liberdade do indivíduo. Por isso, Ésquilo, na *Oresteia*, transforma o coro das Fúrias em coro de Eumênides; Eurípides já não está interessado no coro, porque encontra em cada lar um indivíduo revoltado e identifica-se com ele, assim como Ésquilo se identificara com as coletividades revoltadas contra o Destino. Pela atitude, Eurípides está mais perto de Ésquilo que de Sófocles, dramaturgo do "partido" dos moderados.

Eurípides sente com os seus indivíduos trágicos. O Destino não lhe parece inimigo demoníaco nem ordem do mundo, e sim necessidade inelutável; Eurípides é fatalista. A dor do homem vencido não significa, para ele, consequência da condição humana, e sim sofrimento que não merecemos; Eurípides é sentimental. O mito, porém, não é fatalista nem sentimental; para construir as suas "fábulas" dramáticas, tem de modificar o mito, introduzindo os motivos da psicologia humana. Os séculos, acompanhando as acusações de Aristófanes, interpretaram essas modificações euripidianas do mito como sintomas de impiedade. Eurípides já foi, muitas vezes, considerado como dramaturgo crítico, espécie de Ibsen grego. Contudo, Eurípides, modificando o mito, exerceu apenas um direito e dever dos trágicos gregos. E se a intolerância religiosa, pela qual a democracia ateniense se distinguia, pretendeu privá-lo desse direito, Eurípides pôde então responder: não fui eu quem derrubou os valores tradicionais, e sim o vosso Estado. A moral tradicional já estava ameaçada pela democracia totalitária. Eurípides não foi porta-voz da nova democracia como Aristófanes acreditava; Eurípides representa o indivíduo trágico, perdido numa época de coletivismo, diferente do coletivismo antigo, e talvez mais duro. Eurípides é pessimista, *tragikotatos*; é o Ésquilo dos modernos.

Comparou-se Eurípides a Ibsen e Shaw. O que é comum a ele e a esses dramaturgos modernos é a resistência individualista contra os preconceitos da massa e a justificação dessa resistência pela análise dos motivos psicológicos e sociais que substituem as normas éticas, já obsoletas. Na tragédia de Eurípides aparecem personagens que a tragédia anterior não conhecera: o mendigo que se queixa da sua condição social, e sobretudo a mulher, envolvida em conflitos sexuais. As personagens femininas são as maiores criações de Eurípides: Fedra, Ifigênia, Electra, Alceste; Medeia é a primeira grande personagem de mãe no palco; *Hipólito* é a primeira tragédia de amor na literatura universal.

Na exposição dos conflitos psicológicos entre a vontade sentimental do indivíduo e as leis fatais da convivência social e familiar, Eurípides usa a retórica, como o seu grande predecessor; mas em Ésquilo falam montanhas, em Eurípides, almas. Almas que pretendem justificar as suas paixões, inspirar compaixão e terror; a definição dos efeitos da tragédia por Aristóteles é deduzida das peças de Eurípides — por isso, Aristóteles lhe chamou "o poeta mais trágico". Concordamos com essa maneira de ver. Eurípides comove. É poeta lírico como aqueles poetas líricos gregos cujas obras se perderam — o seu individualismo suspeito reside na sua poesia. Sabe manifestar o seu *pathos* trágico como uma força lírica que o aproxima mais de Petrarca do que de Ibsen. Eurípides é o primeiro poeta que exprime a alma do homem, sozinho no mundo, fora de todas as ligações religiosas, familiares e políticas, sozinho com a sua razão crítica e o seu sentimento pessimista, com a sua paixão e o seu desespero. É "o mais trágico dos poetas".

Sobre o tradutor

Trajano Vieira é doutor em Literatura Grega pela Universidade de São Paulo (1993), bolsista da Fundação Guggenheim (2001), com estágio pós-doutoral na Universidade de Chicago (2006) e na École des Hautes Études en Sciences Sociales de Paris (2009-2010), e desde 1989 professor de Língua e Literatura Grega no Instituto de Estudos da Linguagem da Universidade Estadual de Campinas (IEL/Unicamp), onde obteve o título de livre-docente em 2008. Tem orientado trabalhos em diversas áreas dos estudos clássicos, voltados sobretudo para a tradução de textos fundamentais da cultura helênica.

Além de ter colaborado, como organizador, na tradução realizada por Haroldo de Campos da *Ilíada* de Homero (2002), tem se dedicado a verter poeticamente tragédias do repertório grego, como *Prometeu prisioneiro* de Ésquilo e *Ájax* de Sófocles (reunidas, com a *Antígone* de Sófocles traduzida por Guilherme de Almeida, no volume *Três tragédias gregas*, 1997); *As Bacantes* (2003), *Medeia* (2010), *Héracles* (2014), *Hipólito* (2015), *Helena* (2019) e *As Troianas* (2021), de Eurípides; *Édipo Rei* (2001), *Édipo em Colono* (2005), *Filoctetes* (2009), *Antígone* (2009) e *As Traquínias* (2014), de Sófocles; *Agamêmnon* (2007), *Os Persas* (2013) e *Sete contra Tebas* (2018), de Ésquilo, além da *Electra* de Sófocles e a de Eurípides reunidas em um único volume (2009). É também o tradutor de *Xenofanias: releitura de Xenófanes* (2006), *Konstantinos Kaváfis: 60 poemas* (2007), das comédias *Lisístrata*, *Tesmoforiantes* (2011) e *As Rãs* (2014) de Aristófanes, da *Ilíada* (2020) e *Odisseia* (2011) de Homero, da coletânea *Lírica grega, hoje* (2017) e do poema *Alexandra*, de Lícofron (2017). Suas versões do *Agamêmnon* e da *Odisseia* receberam o Prêmio Jabuti de Tradução.

Este livro foi composto em Sabon e Cardo pela Bracher & Malta com CTP da New Print e impressão da Graphium em papel Pólen Natural 80 g/m² da Cia. Suzano de Papel e Celulose para a Editora 34, em março de 2023.